孤独这种病，遇见你／就好了

人生か寂しいけど、
月が綺麗ですね

小岩井／著

北京联合出版公司
Beijing United Publishing Co.,Ltd.

图书在版编目（CIP）数据

孤独这种病，遇见你就好了 / 小岩井著. — 北京：北京联合出版公司, 2016.10

ISBN 978-7-5502-8915-4

Ⅰ. ①孤… Ⅱ. ①小… Ⅲ. ①散文集－中国－当代 Ⅳ. ①I267

中国版本图书馆CIP数据核字（2016）第241910号

孤独这种病，遇见你就好了

作　　者：小岩井

责任编辑：孙志文

封面设计：大　饼

版式设计：罗　鋆（@JUUUN_L）

北京联合出版公司出版

（北京市西城区德外大街83号楼9层　　100088）

北京市雅迪彩色印刷有限公司印刷　　新华书店经销

字数189千字　　880毫米×1230毫米　1/32　　9.75印张

2016年10月第1版　　2016年10月第1次印刷

ISBN 978-7-5502-8915-4

定价：39.80元

我曾以为孤独是一种偏执的病，直到遇到你之后，才知道那是一种相识的暗号。

目录
CONTENTS

第一章 情书这件小事

001 情书这件小事
007 那一年，我太害羞了
013 都一样，受过伤
018 我听这首歌的时候最想你
026 人跟自己处理不好关系的时候，跟谁恋爱都不合适
030 有些歌词乍看之下很平淡，某一刻才发现非常打动人
038 听说爱情回来过
045 越过山丘，才发现无人等候
053 我只能给你最卑微的温柔
059 永远无法满足的性

第二章　你是我最后的底裤

065　那些想得到却不可得的，最终都化作了执念

071　可以和不喜欢的人结婚吗

079　你是我最后的底裤

086　毁灭爱情的六种思维

094　越看重爱情的人，就越不容易结婚

101　我这么优秀，为什么交不到女朋友

107　单身后遗症

111　因为他输不起

124　习惯与损伤

130　七种孤独

137　人，真的很脆弱

第三章 成年人的世界里没有容易二字

147 成年人的世界里没有容易二字
154 人都是怎么变成熟的
165 世上本无公道二字，唯有力尔
172 人可以拒绝任何东西，但绝对不可以拒绝成熟
178 一个人最大的核心竞争力是自我升级
181 为什么道理都知道，我们还是做不到
188 你这么努力，为什么还如此焦虑
192 一个一无所有的人可以从这个世界上获得什么
201 为什么改变自己这么难
213 入戏不易，出戏更难

第四章　人生真是寂寞如雪

221　我生活中的小确幸

225　很酷的两种人生态度

229　太过喧嚣的孤独

232　瞬间不爱

241　伤心者

249　欲望面前，没有怜悯

259　烦恼即菩提

267　善良到底有什么用

274　最骄傲的人，却总是输得最惨

278　那个人就这么没了

284　人生真是寂寞如雪

那一年，我太害羞了。

我什么都给不了你，我只能给你最卑微的温柔。

爱就是不会问，值不值得。

所以我总说，人注定是孤独的。

聆听自己，活在当下。

第一章

情书这件小事

爱我少一点，爱我慢一点，爱我轻一点，爱我久一点。

让我在习惯与你的平凡日常中，一不小心携手老去。

情书这件小事

一

曾经悄悄地关注过初恋的微博，千年一遇地更新一下，从朋友那儿听说，她应该过得不错。

今天心血来潮去看了一下，发现之前更新了一条：

翻出这些高中时收到的情书，看完以后还是哭了，不管结局如何，我想高中时候的他是真的喜欢我的吧。终于下定决心烧了它们，祭奠最美好的初恋……从此以后，一心做好别人的妻。

配图是一堆被烧毁的信纸。

我盯着电脑发愣了好久，青涩的回忆像泉水一样喷涌而出……

至今我写过三次情书，她是我的第一次，也是最炽烈单纯的一次。我从没想过有回复，也从没想过会跟她交往，我早知道我们不是一类人。

她是我小学、初中的同班同学，一直没什么交集，高中时候的她，成绩经常全校第一，清高孤傲。

而我浑浑噩噩，得过且过，多愁善感，困在自己的小世界里郁郁寡欢。

我说不出来我是怎么喜欢上她的，也许只是因为一次偶然的公交车上闲聊。她那颗好吃的话梅糖，于她只是无心之举，却无端地温暖了我一个冬季。

只是一颗话梅糖，于我却更像是一种施舍和鼓励……

喜欢上一个人是什么感觉？最原始的感觉大概是觉得自己配不上她。

我不敢跟她搭话，像个犯事的小贼一般只敢偷偷张望，在夜深狗吠的某晚，我突然想到我还有一个写文章还不错的优点，于是想到了写情书。

总之，后来我就疯狂地写起情书来，从来都是匿名，一个月一封，偷偷塞到她所在班级的信箱里。

每次写信和寄信的时候，我都觉得活着特别美好，喜欢一个人的感觉特别美好，就像一叶轻舟在江上漂泊，突然风和日丽，可以看到前进的方向。

就这样，持续了整个高三，每次写情书时，我都要搜遍古今中外各路名家情诗，聂鲁达、拜伦、王小波都是那个时候开始接触并喜欢上的。

每个周六的晚上，在台灯下小心翼翼地抄写自己反复确认的原稿，一字一句认认真真写在精心挑选的信纸上，偶尔会放点花瓣，好像祷告一样虔诚地摆放好，然后偷偷想象她收到信后的神情……

于最初的我而言，爱情更像是一种神圣的仪式……

我以为这是一个秘密。

高考完发布成绩那天，我接到一个电话，“喂”了半天正要挂。

对方说：“我一直知道是你。”

我一惊：“是你？”

“你要去哪所学校？”

我说：“本地的×大。”

她那边沉默了一会儿，道：“谢谢你的……信。其实你很不错的，我也没有你想的那么好……而且我……已经报了外地的×大……”

我笑笑：“挺好，你本来就很优秀。”

“所以……”那边欲言又止。

“我知道，我没有多想什么。”我说。

“还是……谢谢。”说完就挂了。

有时候从喜欢上一个人开始，我们就已经失恋了。没有告白，没有牵手，没有拥抱，没有……通通没有，而我却觉得爱

了好久，好像我从出生开始就一直爱着这个和我没有什么交集的人。

至于后来的故事，已经错过了在对的时间重新遇到对的人的时节。

于我，是殇；于她，是伤。

写给她的那么多情书里，我印象最深刻的始终是聂鲁达的那句：

“我喜欢你是寂静的，仿佛你消失了一样。”

绝望而骄傲。不求任何回报。

二

在日本第一年的平安夜，我打开邮箱，发现了一个苹果和一封信。

小岩井：

你好，我其实不太认识你，你也肯定不认识我，我们有过几次擦肩而过，想必你都不会记得。有一天，学校组织一起去××神社，你穿着我喜欢的白衬衫，在逆光的树影下站在飞舞的鸽子群中，干净瘦弱，却又温柔随和。只为那一刻的心动，我想说写这封信的时候，我是喜欢你的。祝你平安夜快乐。

我站在邮箱前把信读了一遍又一遍，手拿着苹果，始终怀疑这是一场恶作剧，然而心中软绵温馨的感觉始终难忘……那一刻，我终于明白曾经收到我的情书的姑娘对我说的那句谢谢，原来并非只是敷衍……

我想好好对这个人说一声谢谢，可惜到最后我也不知道她是谁。

三

生命中会遇到那么多心动的人，我们能抓住的却少之又少，有时候觉得是爱吧，有时候又觉得只是单纯的欣赏。而情书的存在比起倾慕，更像是一种自恋，自恋那个多情又忧郁的深夜里，清澈而纯粹的青春悸动。

西方有一个悠久而阴森的传统，这个传统认为爱最终只能被认为是一种无法得到回应的东西，是一种倾慕：看到爱情得到回报的可能越渺茫，欲望就越旺盛。根据这个观点，爱只是一个方向，不是一个地点，达到目的，拥有被爱之人（在床上或以其他方式得到）后则会自行消逝。

而在可望而不可得的青涩阶段，我们在无意中拥抱了爱情最本真的模样。

情书是爱的刺青，刺在回忆深处的心动瞬间。

曾经为你写满相思的那封信啊，再也不会变成我心里那道轻快而忧伤的水印。

偶尔会觉得，我们好像有一样重要的东西要去寻找，却又忘了要寻找什么，也不知道怎么去寻找。我们忘了曾经为什么而新鲜，为什么而兴奋，为什么而孜孜不倦，又为什么而思念难眠……

如果我真的爱过你
我就不会忘记
当然
我还是得
不动声色地走下去
说
这天气真好
风又轻柔
还能在斜阳里疲倦地微笑
说
人生真平凡
也没有什么波折和忧愁

那一年，我太害羞了

人生中有些傻事，迟早是要经历的，比如追求理想，比如遭遇失败，还比如，喜欢与告白。

那些傻事，如果能趁早做趁早感受，人生是不是也会少些遗憾，多些畅快？

因为害羞而错过，这才是回忆中最值得悔恨的事。

那时候喜欢一个人，第一感觉就是配不上，越喜欢越觉得自己配不上对方。其实配不上又如何呢，并不代表自己没有权利追求。

这些年常会感叹，如果高中的时候我是现在的个性，可能就会弥补好多遗憾，其中最遗憾的莫过于暗恋一个女生却一直不敢告白。

我想起我可怜的17岁，对于想接近的人，还没开始接触，就已经给自己发出一种警告：不要过去，你不值得让人喜欢。在别人拒绝自己之前，就先蔑视了自己。喜欢这种东西，最初似乎都盛产自卑的情绪。

高二开学不久，我就在一天内连续三次偶遇同一个女生，且是一个青春娇俏的马尾姑娘。身为一个死忠的马尾控，我对这种仿佛是从水彩画里走出来的干净女孩毫无抵抗力。

那天中午阳光正好，在人声嘈杂的学生食堂里，她从我身旁走过，有香味吗？我的记忆中有，记忆不可信，但我喜欢它有时候骗我，尤其是在这么微妙的时刻。

光透过窗，圣洁辉煌地打在她的米色格子衬衫上，反射过来的光穿透我年少的维特之心。从那以后，我似乎总能碰见她，碰见她的时候，我就像被无形的手点了穴，毫无知觉地发呆远望、远望，直到听到身旁朋友的嗤笑。

我的暗恋，众人皆知。然而在感情的表达上，再好的朋友也爱莫能助。

那个时候的我是那么单薄，如郑板桥笔下的墨竹，清瘦而自负，怯弱却骄傲。

我渴望着一个遥远而模糊的未来瞬间，我带着轻松的笑意、自信的身形，走到她的身旁柔声问候："姑娘，我可以请你吃晚饭吗？我有个好长的故事要告诉你，关于你，还有我。"

我暗恋了她五年，整整五年，我们没有说过第二句话。

你肯定要问了，怎么是第二句话，那第一句话是什么呢？

第一句话，真的就只有一句话。

那是高考结束后，我并没有很开心，几个好兄弟看出了我的忧愁，纷纷怂恿我向她告白。

那天傍晚，我们喝了点儿白酒，来到以后很难再来的操场。夕阳懒洋洋地不肯走，斜晖一点点拉长我们等待的时间。

她终于出现了，身旁跟着一个女伴，她们绕着跑道走走停停，轻声细语。

两年了，我唯一知晓的，就是她经常饭后在操场散步。

我被推搡到她们面前，她用那如小鹿般纯净的眼神望着我，望穿我，望至我的五脏六腑、七魂八魄。

“你……干吗啊？”

“没……没什么……对不起……”

这是我第一次跟她面对面说话，这是我第一次感受到心脏内核快要炸裂的紧张与羞涩。

当兄弟们在后面大喊加油的时候，她好像也明白了什么，耳根唰地红成一种叫娇羞的美。

然而下一秒，我就以子弹出膛的速度狂奔起来，奔出跑道，奔出操场，奔出学校……也奔出了那个青春最懦弱可笑的回忆……

此后我的生活总像是缺点什么，此后我的梦中总有个摇曳的马尾。

我努力让自己博学、开朗，像初春生长的毛笋，期冀早日雨后天晴，钻出地面，大声对这个世界说你好。

我报了辩论社、话剧部、学生会，越是能够锻炼我与人交流的地方，我越是积极融入其中。

三年过去了，我似乎变了一个人，可以轻松自然地与人交谈，随意简单地表达自己。

终于，我要去留学了。留学前的聚会，有人说起曾经的糗事，我那个落跑的笑话自然不会被落下。

“再试一次吧，趁你还年轻，趁你依然喜欢她。”朋友建议。

“嗯。”

朋友说出了我的心声。

我曾问过自己，我喜欢她什么呢，漂亮吗？其实也还好，聪明吗？我更加不知道。

我并不了解她，为什么她的存在却对我如此重要，为什么我的梦里，她总是如此频繁地出现。

我需要一个答案，也许圆满，也许破碎，但我不想再半途而废。

在互联网发达的今天，原来找一个人并不是那么难的事。

在一个深夜，我在沉思了许久许久之后，终于将这些年的想念与爱恋一股脑儿地转化成邮件寄给了她……

一周后，我站在她的学校门口，看着似曾相识又焕然一新的马尾女孩，带着三分羞涩、七分亲切地缓缓走向我。

心依然会跳，但我相信，这次我能按住那根线，不让它再次引爆。

“好久不见，学长。”她轻轻歪着头，露出一丝小小的狡黠，“这次不会突然跑起来了吧？嘿嘿。”

当初我要是不逃跑就好了，这明明是个多么爽朗可爱的人儿啊！

我吸了一口气，看着她微笑，说：

“姑娘，我可以请你吃晚饭吗？我有个好长的故事要告诉你，关于你，还有我。”

我们以为忘记的事，其实从来都不曾走远。

都一样，受过伤

两个人的感情之中，更强大的那一方，总是更容易带来伤害。

可悲的是，我们都习惯爱上强者，即使明知会受伤。

有位留学时期的前辈从我的朋友圈消失了。不知道原因，我们也从未有过冲突。

胸口有点儿闷，但也只能无可奈何。我想也许是他的境界太高，我已经跟不上他的成长脚步了。

他走遍半个地球，熟稔多门外语，考上东大的硕士。和这样让人崇拜的前辈做朋友，不知道自己何时会被抛下。

这样的人，或许本来就不需要多余的朋友。

人与人之间的感情，从来都很难平等。

因为这世上没有静止的人，自然就没有恒定的关系。有人升级了，自然要去开拓新的地图。而留下来的人，只能选择升级跟上，或者停滞不前，直至被遗忘。

据说，孤独的哲学家尼采生前最快乐的时光，是待在音乐家瓦格纳身旁的那段。

后来，瓦格纳转变音乐风格，尼采死活难以接受，一个劲儿地批判他。

瓦格纳并不想失去尼采这个朋友，还把最后一部歌剧的剧本《帕西法尔》寄到尼采手中，然而尼采毫不留情地寄了一本《人性的，太人性的》给他，把他骂了个狗血淋头，两人彻底决裂。

瓦格纳看起来很无辜，其实他并没有做错什么，他只是没有满足尼采过高的期待，他只是没有尼采那么敏感、那么天才，拥有那么深邃的灵魂。

与天才做朋友的人，注定会受伤。

后来，尼采抱着受虐的马脖痛哭，从此发了疯。也许他的心里，有太多自己给自己带来的伤。

我不知道在这段友谊中，是谁更受伤。

还有一些事，要在很长很长一段时间之后，才看得出它的影响。

荣格认为，那些曾经为我们所深切体验过的东西并未在我们的脑海中彻底消逝，相反，它们储存和潜藏在个人的无意识中。

我们以为忘记的事，其实从来都不曾走远。

小时候父母忙，没人做饭。有段时间，我爸总让我去一家熟人的饭馆吃饭，却不给我钱，让我赊账。

小孩子脸皮薄，每次吃完说赊账的时候，总是涨红了脸，浑身不自在。而老板有时看似玩笑的嘲讽——“这么小就会赊账，脸皮挺厚嘛”，明知无恶意，却让我如芒在背。

这本是件很小的事，在过去了二十年后，依然不时地显现它的作用。

前段时间在熟人的咖啡馆结账时发现现金不够，又没带卡，店长笑笑说没事，下次来付好了。

那一瞬间，儿童时代的记忆喷涌而出，一股不该出现的羞耻感和自卑感蓦地笼罩了自己。

我放下手机做抵押，说等我一会儿，急忙回家取钱。

店长的表情有些尴尬，说：“你这样就有点儿没必要吧，我又不是信不过你。”

我也觉得有些不应该，只能讪笑。但如果当时不及时付账，我想我肯定会一整天不舒服。

长大后，我从不喜欢欠别人的。我宁愿吃亏做冤大头，也不让人觉得我占人便宜。

因为小时候太穷了，总是在接受别人看似好意的无意施舍，那种施舍的眼神，真的再也不愿意看到。

那些刺痛我们的事，才把我们打造成后来的自己。

高中时学过一篇古文，叫《郑伯克段于鄢》，教科书里分析此文时，皆是阴谋论。说郑庄公设计故意纵容其亲弟弟共叔段，等他造反，再下狠手杀死他。郑伯就是个阴险狡诈、冷血无情的奸雄角色。

而当时的语文老师在讲解完课文后，看着昏昏欲睡的众人，喃喃自语一般柔声说："其实我更愿意相信，郑伯其实是很爱母亲和弟弟的，他一直不动手，不是故意纵容，而是真的不忍心。杀死亲弟弟，囚禁生母，难道郑伯自己不难过、不受伤吗？"

我不由得抬起头，恰好对上了她的眼，那是对这个世界总是持有善意的眼神。原来换一个角度，一个阴冷的故事，也可以有美好藏在其中。

那一刻，我觉得年轻的语文老师好美。

有位北漂的朋友这段时间过得很不好，他忧伤地说，自己命不好。

我说，时运不济，就多读读古诗吧，我们经历的这些，古人也同样感受过。

但“命不好”这三个字，对谁都不要说，永远都不要说。

说了，就成了惯性，慢慢地连你自己都信了。

这世上可有不带伤的人？像李白，像童话里的彼得·潘。

也许这样的人，只能活在我们的想象中。

我们这些凡人呀，只能在酒酣时分、夜深难眠时，才知道自己根本不坚强。

年少的时候我喜欢李白，他轻灵飘逸，豪迈潇洒，像个不曾受伤的少年王。年纪渐长，却越来越中意杜甫。杜甫未曾年轻过，总是一副历经沧桑的模样。而我，也逐渐明白那些躲不开的离别、爱不到的人、睡不着的夜晚，总是要经历的。

人生飘飘何所似，仿若天地一沙鸥。

越害怕，就越孤单。

只要明白行走在这世上的成年人呀，无一例外，都一样，受过伤。

我听这首歌的时候最想你

一

随着各个音乐节的日臻完善，国内的民谣音乐在近几年也得到了充足的发展。

借着一些选秀节目的东风，类似宋冬野、马頔、赵雷、李志等民谣歌手也一下子从小众走向了街头巷尾。

这让许多标榜个性的文艺青年感到很不愉快，觉得自己秘密珍藏的佳肴成了街边的大排档，格调顿降。

其实这又何必，小众与大众，高雅与低俗，到底有什么绝对的界限呢？

孔子评价《诗经》：“诗三百，一言以蔽之，曰：思无邪。”

《诗经》中讲得最多的是什么，无非是窈窕淑女、君子好逑的男女之情。

可是贵就贵在一个真，一真抵百技。春秋时期的人，没有那么多礼教束缚天性，人们想爱就大声说出来，光明磊落、赤诚坦荡，反而可爱至极。不像后来许多淫靡之音，矫揉造作，为赋新词强说愁。

质真若渝，大方无隅。

质朴与真实的东西，总是更能走进人心里。

这世上美妙的文词歌赋，总有相似之处。初闻之时不觉有异，甚至会觉得平淡无奇，却在某个峰回路转之后的重逢之时，戳醒沉睡的记忆。

那些受年轻人欢迎的民谣，也胜在一个“真”字。

二

人们始终是喜欢听故事的。

即使是些似是而非的旧事。

大二暑假前，有个喜欢听民谣的女孩有张多余的票，于是邀请我去看李志的演唱会。

我对这个歌手不感兴趣，也没听过他的歌。只是当时刚失恋，又在准备出国，诸事纷杂，记忆中的那个夏天特别燥热，心情烦闷，便想去散散心。

说是开演唱会，其实地点就在一个塞不了多少人的小酒馆里。看着很多人心不在焉的样子，估摸其中应该有不少是来凑热闹的。

李志穿得像个下楼买外卖的理科男，戴着眼镜，其貌不扬，漫不经心地出来了。

他一出来，有些人开始尖叫："哇哦哇哦，李志李志！"好像是在看猴子。

这让我有些期待，心想也许是个实力派歌手，然而他一开腔，我就蒙了。

声音粗粝颓唐得像在说醉话，很多歌词也是莫名其妙，干号的时候经常能感受到一种迷之走音。不管现场什么反应，他全程只是自顾自地专注唱着，没有一句多余的话。

"这TM是个歌手？"我摇着姑娘的肩膀质疑道。

"你认真听下去嘛，他像个吟游诗人，很多歌都能唱进人心里。"民谣姑娘带着一脸崇拜说。

"我听你在扯屁……"

"啊，下一首是我最喜欢的《梵高先生》，我搜一下歌词给你看看。"民谣姑娘拉了我一把，让我看歌词。不知为何，事到如今，很多细节我早已记不清了，可是姑娘那部挂着趴趴熊挂件的红色诺基亚5700，却让我记忆犹新。我们最初的相识，也是因为我的砖头机3250和她的5700相似，而有了第一句没话找话的闲谈。

“下一首，《梵高先生》，谢谢。”李志言简意赅，喝了口水。

民谣姑娘拉过我的手腕，我们一起看眼前的屏幕。

两颗脑袋凑在一块儿，周围的喧嚣尘埃，在前奏响起的一瞬间止息。

谁的父亲死了
请你告诉我如何悲伤
谁的爱人走了
请你告诉我如何遗忘

我们生来就是孤独
我们生来就是孤单
不管你拥有什么
我们生来就是孤独

“这歌词有点儿意思哈。”我听着李志那落魄怅惘的腔调，顿时有了点儿入戏的感觉。

她跟着节奏点头，沉浸在歌声中。

她的短发总是会翘起那么几簇，无意中挠到我的脸颊。

我举起手，想要拨开她的发梢，恰好她抬起头，看到我举起靠近她脸庞的手……

“不要误会，我是想拨开你的头发……”我连忙解释。

“哦……我没想什么啊……”民谣姑娘侧过脸，看向了舞台。

歌曲到了副歌部分，反复吟唱着：

我们生来就是孤独
我们生来就是孤独
我们生来就是孤独
我们生来就是孤独

我站在人群中，看着周围的人摇头晃脑，只有我和她，似乎被点了穴一般纹丝不动，各怀心事……

那次演唱会后不久，我就出国了，就像人生中遇到的许多人一样，匆匆一别，再无联系。

那时的我并不像现在这么敏感，很多似是而非的东西，一根烟的工夫就会消散。

时光流转，骐骥过隙。在去年的某场同学婚礼上，我们又碰面了。她看上去成熟了很多，短发也成了波浪卷。礼节性地加了微信后，我们再次相忘于江湖。

上个月，抑或是上上个月，我记不清了，在电脑前苦思冥想剧本的某个深夜，微信忽然响起。

打开一看，竟是加好友之后从没有对话过的她。

“睡了没？”

“没……怎么了？”

“我随机听到一首歌，忽然想起了你。”

“哦，什么歌？”

她给我发来了《梵高先生》。我对着屏幕怔怔不语，我已经不是当初那个懵懂的男孩了。

“还记得吗？”

“记得。怎么突然想起这个来？”

“没事，就是突然想起来了。”

“哦……”

“你在忙吧？”

“还好。”

“你忙吧。不打扰了。”

“嗯，你也早点儿休息……”

我放下手机，莫名地觉得话似乎还没说完，于是又拿起了手机想说点儿什么，然后看到手机屏幕显示对方正在输入中……

“其实我是梦到了你，醒来后就找到这首歌听了起来。这首歌很像你，看起来热闹，其实很孤独。

“我一直没有告诉你，其实上大学的时候我就很喜欢你。我知道你从来没有喜欢过我，只是有那么一首歌，是我们共同的回忆，我也觉得知足了。听歌的时候，有些东西可以回顾，也不是件坏事……我是来跟回忆告别的，虽然这告别看起来也那么一厢情愿……再见，愿你活得幸福。”

当我想回复点儿什么的时候，忽然发现，我已经被拉黑了。

我盯着红色的感叹号，眼前又出现那红色的5700和趴趴熊的死鱼眼一起摆动的画面。

其实我记得，那天两颗脑袋靠在一起的时候，她的脸很红。

三

很多事只有在遗忘的边缘才显示出远超出当时的美丽。

人与人之间的交集也是门玄学，越是想留下深刻回忆的，反而往往流于表面。

成心想秀恩爱的，带来的总是尴尬的打脸；无心流露的真情，却能峰回路转、久存于心。

人们旅行、摄影、写日记、拍电影，总想留下点儿活过的痕迹，可是想记住的东西越多，遗忘得也越快。

就在行文至此的此时此刻，地球上同时也绽放着无数风景与故事。

格陵兰的极光在无人的冰川闪耀，太平洋深处的鲸鱼独自出水望月，南美的小镇上人们欢快地跳着舞，某个奥运冠军在庆祝胜利，遭遇情感挫折的男人喝着酒黯然神伤，准备告白的男孩忐忑不安，情窦初开的女孩目光流转……

天地玄黄，花鸟风月，生活有无数种可能，也有无数种美好。

而生命中那些平凡无奇的草蛇灰线，早已在你遗忘的角落，默默唱着孤单的老歌。

人跟自己处理不好关系的时候，跟谁恋爱都不合适

如何才算和自己处理好关系了？

抽象一点表达的话就是你坐在那里，不会因为急着去抓住一些什么而惴惴不安，也不会因为总是懊恼错过了什么而患得患失。身上容易表现出来的戾气与浮躁慢慢被抹去，觉得一切来来去去都很平静，做着自己认为正确的事情，对未来有信心，对现在有耐心。

在这种状态下，你跟自己的相处才是愉快的、自信的，只要多点儿勇气和积极性，便会遇到合适的对象走入爱情。

那么从比较理性的角度说的话，和自己处理好关系的主要表现有以下三点：

第一，自我认知与接触链的认知基本一致。

一个人对自我的评价与认知，往往与实际表现出来

的有偏差。

很多长得还行的姑娘都喜欢自拍，感觉自己有内涵、纯真、善良、要求不高、长相中等偏上……

很多天天看动作片的宅男都觉得自己内心纯朴、忠诚专一、看透人性、幽默风趣……

不一而足，不多举例以免误伤。

所以常常会出现一些所谓的极品，基本上都是自我认知与他人的评价出现严重反差。

不管你是优秀还是平庸，是美丽还是普通，只要你对自己有客观的认识，对自己的认知与所接触的人对你的印象与评价基本上一致，就是与自己处好关系的第一步。

就像对待一个产品，连产品定位和特质都搞不清楚，你让目标客户怎么选择你？

自己都不认识自己，自己都不知道自己真正的需求与渴望，还找什么合适的对象？

第二，说过的话、许下的承诺，行动率和实现率都足够高。

一个人对自己说出的话都不能负责，还怎么能对另一个人负责？

大话谁都会说，可真能下决心去做到的，却是少数。那些喊着减肥的依然天天吃夜宵；说着努力奋斗的打开电脑依然是打游戏和刷微博；对自己的工作不满意，喊着要辞职跳槽的总是一次次犯拖延症；想学点语言或技能，却始终坚持不下去……

如果对当下迷茫，就少说多想；如果有了方向，那就默默耕耘。

心嘛收不住，嘴嘛管不牢，腿又迈不开，脑子又不肯动……那也别奢望太多了，找个看你顺眼的人肯和你在一起就已经很幸运了，就别扯什么高大上的爱情观了。

对一个合适的人来说，承诺很重要，而兑现承诺更是无与伦比的品质。

第三，现在的工作和努力，不仅仅是为了生存。

如果当下所做的一切努力都仅仅是为了生存，那我奉劝你还是不要谈恋爱了，最基本的东西你都没搞清楚。合适的人也好，真挚的感情也好，都不是空中楼阁，而是一种更高级的精神需求。

没有物质保障的爱情，不用风去吹，自己就会被琐碎打败。

人可以为自己心爱的人吃苦受累，但也都是为了将来能拥有更好的生活质量。如果意识还停留在满足生存上，而不是为了更好地生活或实现自己的潜在价值与能力，那谈恋爱也无非是找个人互相饲养、彼此慰藉罢了。

满足这三点的，不出意外，人生会越走越正。一个人与自己的关系处理好了，自然会散发出舒服的气息，这个时候你才会放开自己的心，去感受遇到的人是否有相同心境与感受。而且你会讶异地发现，原来，有趣的、精彩的、可爱的人竟然有那么多！

与诸君共勉。

有些歌词乍看之下很平淡，某一刻才发现非常打动人

一

天后王菲有首并不知名的歌叫《如果你是假的》，有天入睡前在电台广播里听到。

歌词里说：

如果你是假的
思想灵魂住在别的身体
我还爱不爱你
如果你不是你
温柔的你
长了三头六臂拥抱你
甜不甜蜜……
万一你的面孔失去原有比例
要不要坚持完美主义

我一直觉得，有些作词的人为了押韵总是天马行空、脑洞大开，比如“长了三头六臂拥抱你”，这突然化身哪吒乱入是什么情况？

这首歌之前听过一遍，也没在意，直到前两天我写一个故事，故事的主人公是一个画家，擅长油画，执着于画一幅自己最中意的美人图，直到完成最满意的作品。那一刻，画中的美人走了出来，与他一同生活。他不知道是幻觉，还是真实，却莫名说了一句：

“我知道你是假的，但我也爱不了真的，我不知道我爱的是你，还是我的完美主义。”

当时觉得这句话说得真好，莫名地就让我特别感同身受，然而也觉得很熟悉。电光石火间，脑中回想起王菲那首歌的旋律——如果你是假的，如果你是假的……

捷克作家米兰·昆德拉在一篇短篇小说（我想不起名字了）中写到，小镇上来了一个医生，大家只是觉得他很普通，不以为意。有一天人们看到医生和一个漂亮的知名女明星在一起谈笑风生，十分亲密。自那之后，大家都开始讨论起医生来，开始觉得医生身上有许多吸引人的特质，觉得是自己之前没眼光。

正如米兰·昆德拉所说的媚俗，我们的爱与追求总是很少由心发出。其实，每个人都像一位导演，在生活的舞台上将与自己相遇的其他人塑造成某一个角色，或是朋友，或是恋人，或是过客，而在其他人的舞台上，也会将我们塑造成他们剧本当中的角色。

就像我身边的很多朋友，并不认为我是个暖男，反而觉得我是个话痨、逗比。有人恰好在我曾经性情乖戾的年龄段认识我，便觉得真实的我就该是个脾气不好的愤青。在父母眼中，我又是个沉默寡言、自以为是的儿子。可哪一面是真实的呢？

没有所谓真实。衣服是伪装，名声是伪装，性格是伪装，就连肉体，都可以是伪装。

当人类用树叶遮住身体的那一刻，就已经没有了所谓的真实。我们爱的，不过是自己想象的真实。

我坚信，唯美的标准并不来自上帝，而是来自魔鬼。在天堂中，没有人能区别美与丑。

——米兰·昆德拉《告别圆舞曲》

二

2015年的日本红白歌战，我随意看了看，没什么太大感觉，倒是一个叫作“世界末日”（sekai no owari）的乐队有首歌让我印象深刻。

歌词很简单，乍听之下平淡无奇，然而主唱莫名冷清而年轻的唱法让我静了下来，直到高潮部分他和孩子们的大合唱涌现的时候，鸡皮疙瘩陡然生出。

那首歌，叫作《礼物》。

作词的乐队女孩爱子说，这是她回忆初中时期经常感受到欺凌和孤独的时候，流泪写下的歌词。

一个作品用不用心，一听就知道。下面这段歌词一下就把我打动了。

如今你所处的世界
也许辛苦又悲伤
即便如此
也要视作礼物
只有如此
欢笑的日子才会到来

这也是我前段时间经常想的问题，每次感到痛苦的时候，其实是自己把痛苦想得太严重了。如果能把生活中的挫折和痛苦，都当作礼物和一场游戏，无论跌倒、失败始终保持微笑的心情，无论结果如何始终保持坚定的信念，这样就会活得更愉快吧。

当你觉得自己孤身一人时
其实仍有许多重要的人在身边

为了不再感到孤单
说声不要害怕
为了能安慰更多的人
变得更强吧

三

此外，还有很多歌，初听时不觉如何，多年以后才突然被歌词击中。

某天看文章，说林夕看电影时看到女主角和男主角煲电话粥忘了时间，把红豆粥烧煳了。

他很感动也很感慨，就写了《红豆》。

原来一直觉得“还没为你把红豆，熬成缠绵的伤口”这段歌词莫名其妙，很格格不入，有种硬凑的感觉。现在突然明白了，原来是爱一个人一直没机会得到，所以根本没机会和他拥有电影里那样甜蜜的瞬间，把红豆熬成伤口……

一直以为《红豆》是首温暖的情歌，明白这段歌词的含义后，才发现写的是爱而不得、哀而不伤的境界，如此平淡，让人不经意联想到自己生命中的某个人……

李宗盛和陈升这两个老男人啊，年少的时候完全抓不住他们的点，如今成了我深夜最爱循环播放的两尊门神。

《山丘》《给自己的歌》之类的就不说了，一说肯定停不下来。像《鬼迷心窍》中那句“春风再美也比不上你的笑”，真是鬼迷心窍啊。

还有一首歌，突然想起来，是已经去世的阿桑的《一直很安静》，作为童年鲜明记忆之一《仙剑奇侠传》的插曲，小时候只是觉得好听。

而现在听，只觉得惆怅而治愈。

生活中有太多像歌词中描绘的那种人，他们只能安安静静地守在喜欢的人身边，或近或远，交换对方偶尔给的回复和关心，喜欢也要躲躲藏藏，甚至装作漠不关心。

以为自己要的是曾经
却发现爱一定要有回应

原来缘分是用来说明
你突然不爱我这件事情

说到底，你我之间本无缘分，全靠我努力支撑，才有那点微小的联系。

有时候回过头来，才发现自己也有了很多故事，也咬咬牙走了很远的路。

日夜工作，一年到头，用力抓住一些机会、一些人。

渐渐地忘记，从前的自己，也曾是个爱笑的少年；

渐渐地忘记，忘记了誓言，也曾把永远挂在嘴边；

错失太易，爱得太迟，怎能回想那些痛哭过的深夜。

没有煽情，没有听众，只有耳边一句老歌词，描绘了一个似曾相识的故事，就足够令人心痛。

命运无常，情爱诡谲，谁又知道下一秒会发生什么呢？
除夕之夜，也只似一场空梦旧醒，白了少年头。
还能思念，还能爱。
还能奢求什么呢？

天地玄黄，花鸟风月，生活有无数种可能，也有无数种美好。

听说爱情回来过

一

年少时看钱钟书先生的《围城》，有一幕剧情总是记忆犹新。

主角方鸿渐在告白唐晓芙遭拒后，淋着大雨站在唐公馆楼下，满脸忧愁，久久不愿离去。

唐晓芙透过窗户看着方鸿渐落寞的伤心模样，很是心疼与难过。她并非不喜欢他，只是因缘际会，各种误会难以放下。

唐晓芙对方鸿渐说："我爱的人，我要能够占领他整个生命，他在碰见我以前，没有过去，留着空白等待我……我只希望方先生前途无量！"

方："你说得是。我是个骗子……以后决不来讨厌了。"

唐："希望你远行一路平安。"

方：“……”

那最后一句祝福，隐含的挽留与情意，不知懦弱的方鸿渐是否听得出。

他在雨中等待，也不知自己在为何等待，也许是不甘，也许是在缅怀那段刚开始无限甜蜜却又意外夭折的爱情。

唐晓芙也在踟蹰，觉得自己明明心有留恋，却把话说得太狠。

而他依然在雨中，仿若木头人。

她看得心融化成苦水，想一分钟后他再不走，一定不怕别人笑话，叫用人请他回来。这一分钟好长，她等不急了，正要吩咐女用人，方鸿渐忽然转过头，狗抖毛似的抖擞身子，想把周围的雨抖出去，然后走开了。

终于，唐晓芙心软了，她下定决心，不顾一切，想再次拥抱那个男人。

而那个男人，再次放弃了。

仅仅一分钟，这一分钟的执着与放弃，换来的却是截然不同的人生！

与所爱之人擦肩而过，却在对方决定回来的时刻……

说实话，年少的我看到这儿，曾狠狠摔过一次书。

是感慨命运的无常、人心的善变，还是感慨作者太残忍，有情人不能成眷属？我已经忘了。

但那段情节，每每想起，总是略感惆怅。

如果他在雨中能多站一会儿，就能彻底软化意中人的心，然而没有如果，正如这世上所有的有缘无分、久别重逢。

花未开，果已落。

二

我听过最长的一段初恋是十一年，从高三到三十而立，跨越整个青春。

如果能功德圆满，必是佳话美谈。

可惜，只能是如果。

老金是我朋友中不多的博士，互联网创业中。

我和他在一次本地沙龙中相识，泛泛之交。

有次去咖啡馆，刚巧他也在。他得知我出了一本新书，便客气地祝贺，说会去买一本捧场。

我知道我的书肯定不对他的胃口，只当是客套。

谁知几天后他却给我发微信："你的书让我很有感触，能听我讲个故事吗？"

我很意外。我的直觉告诉我，他多半是失恋了……

果然。

老金告诉我，他是一个很专一或者说有些偏执的人，喜欢一家店，就会一直只去一家店，喜欢某个品牌，就会一直只用一个品牌，更不用说自己喜欢的人了。他从高中起就喜欢同班一位优秀的女学霸，两人旗鼓相当，互相视作竞争对手，却在这个过程中暗生情愫，彼此产生好感。

高考之后，他勇敢地在电话里表白，也幸运地得到了这份爱。

从此，便是十一年的相伴。

本以为一切都应水到渠成，不料人生总是百转千回。

前几年，女方收到美国名校的入学通知，在他的支持下，便去了美国留学。

一开始一切都很好，双方课业都忙，偶尔在网上视频，也不觉得疏远。

慢慢地，异地恋也好，异国恋也好，最大的问题就是两个人接触的环境、遇到的问题、看到的世界越来越不同。

她的烦恼他无法感同身受，只能敷衍地说些安慰话；他的疲惫她无法抚慰，只能远远地隔空拥抱。

她交了新朋友，参加了舞会，变得越来越精致；

他计划着创业，四处找伙伴，忙得焦头烂额。

两个人逐渐变得无话可说，只能时不时地回忆往昔的甜蜜，却对未来越来越闭口不谈。

终于，在双方毕业那一年，迎来了最具分歧的问题——人生的选择与自我价值的实现。

毫无疑问，双方都对未来充满信心，只是立足点不同，一个想在世界最发达的国家锻炼自己，安身立命；一个想在自己的家乡创立基业，出人头地。

并不是谁的错，只是尽管大家彼此相爱，却又是独立而聪慧的个体，谁也不愿依附另一半。

于是，两人友好分手，分道扬镳。

几年过去，老金已经站稳了事业的脚跟，却再也没碰到让他心动的人。

十一年，还能遇到什么人，可以抵抗生命中最美好的十一年在心中的分量？

他试图联系前女友，却不知道该怎么做，也不知道怎么说。

直到今年过年前，他听说她要回来了，而且就在上海工作，不再回美国了。

他兴奋地去理发店做了头发，穿上定做的西装，开着自己的新车去女生家门口等待。

站在那曾经无数次等待过她的地方，他感慨万分。

可他看到的是一个洋人搂着她从车里走出来的画面。

两人见面，百感交集，既有感动，也有尴尬。

老金识趣，讪讪地打了个招呼，便黯然离去。

说到这儿，老金停顿了很久，我以为故事就这么结束了，正准备洗漱睡去，老金最后发了一段语音：

上个月她和那个老外结婚了。结婚前一周，她发给我一条信息。

她说："有天晚上，我梦到了你，流着泪醒来，犹豫了片刻，在半夜打你的电话，一心想着复合……然而你一直没有回复，我也就不再多想了……"

唉……老金一声长长的叹息。

"其实那个存有她号码的手机，早在一年前就弄丢了……从此，我们再也没有说过一句话。也许，这就是缘分已尽吧。"

缘分已尽……

也许吧，也许。

可能，但我更愿意相信，这是勇气已尽……

三

《围城》的最后，新婚的方鸿渐与孙柔嘉因为一场无意的吵架而决裂。

而仅仅在五个钟头以前，方鸿渐走在回家的路上时，还想着要一心待柔嘉好，要一起好好过日子……

孙柔嘉永远不会知道，爱情曾经回来过，如今一切已枉然。

世事，总是跟人料想的不一样。

人生本身的讽刺和感伤，早已深于一切语言、一切啼笑。

此事无关凄凉。

爱情的开始，需要两个人都伸出手，牵在一起不分离。而爱情的结束，只需要一个人义无反顾地放手。

亲爱的方鸿渐，你总是感慨命运的无常、感情的善变，可是你知道吗？爱情曾经回来过，而你却转身不见……

越过山丘，才发现无人等候

一

金庸的武侠世界里，有几个始终未曾露面、只活在传说中的人物。

比如留下独孤九剑、玄铁剑的独孤求败，创造了《易筋经》的达摩祖师以及《射雕英雄传》中绝世武林秘籍《九阴真经》的作者——黄裳（话说，这名字听起来跟“皇上”一样，真的不犯冲？）。

今天，我来说说黄裳的故事。

黄裳年轻的时候是个文官，当过福州市市长，后来因为研究一部道教经典无意中打通任督二脉，练得神功。再后来受皇命征讨明教，杀了不少明教高手，遭到围剿，黄裳自己虽然逃了出来，其家人却惨遭屠戮。为了报仇，黄裳在山中躲了多年，潜心研究敌人的招式，准备复仇。等到有一天，他终于搞清楚了所有破解敌人招数的方法，出山一看，却发现曾经的仇敌全都老死了。唯一找到的一个，是当年才十六七岁的小姑娘，如今已是病入膏肓的老婆婆了。

但见那老婆婆躺在床上，不用他动手，眼看也要没气了……

看着曾经的仇人落得如此下场，黄裳几十年的深仇大恨忽然之间烟消云散，敌人没了，仇恨也没了。回想这悲戚痛苦的几十年，苦苦忍耐的半辈子，又是为了啥呢？

黄裳一声叹息，亲手给那老婆婆喂粥服药，老婆婆还觉得莫名其妙。

黄裳心想："原来我也老了，也没几年好活啦。我这几十年，又是在忙个啥……"

越过山丘 虽然已白了头

喋喋不休 时不我予的哀愁

二

曾有个高中生，暗恋同班一个姑娘，两人关系虽然亲密，却始终处于好朋友的阶段。

这是常有的事。

这个少年有些早熟，也比较理性，虽然很想表白，却觉得即使高中在一起了，也不一定长久，说不定还影响学习，高考要是考不好，到头来还是不能在一起。于是他刻苦读书，准备在高考取得好成绩之后再告白。

功夫不负有心人，他高考考得不错。正当他春风得意，准备一鼓作气在散伙饭之后表白时，女孩子却告诉大家自己要出国了。于是，理智的他再次选择了深埋心中的秘密。

多年后，在那个远隔重洋的国度，两人因缘际会再次见面，已经褪去青涩的女孩笑着坦白心迹。

“说实话，我高中的时候挺喜欢你的，也一直以为你是喜欢我的，不过你从来没说过什么逾越的话，我想是我想多了。”

他沉默了一会儿。

“我那个时候是喜欢你的。”

女孩也沉默了一会儿，随即笑了，说：“晚了，我已经是两个孩子的妈妈了。”

“我安慰你的话你也信啊！”

“就知道。”

女人笑得更甜了。

那晚，他在酒店阳台喝了一晚上的酒，面无表情，淡淡地听着陈升的《牡丹亭外》。

这世界有点假
可我莫名爱上她
黄粱一梦二十年啊
依旧是不懂爱也不懂情

三

这两年的互联网热潮，让很多人找到了新的风口，完成了人生的逆袭。

几年前认识一个做App创业的程序员，苦兮兮地加班熬夜了两三年，去年也拿到了融资，一下子成了励志典范。

然而，他女朋友跟他提出分手。

他难以置信地问我：“我不明白，以前我没钱的时候，她愿意跟我吃苦，也没有怨言，为什么等我有钱了，反而要离开我？”

“你问她啊，我哪儿知道？”

“她只是说：‘你让我失望了太多次，只是你自己都没有发现。到后来，我也懒得去幻想你会改变，之所以在你最困难的时候没走，是因为不希望你受到额外的打击，以及认为我是个势利物质的女人。’”

“挺好的姑娘。”

“我知道，我创业的时候太辛苦，而且脾气也不好，经常不理她，也经常对她发脾气。可是这些都过去了，为什么一切都开始好起来了，她反而不肯相信我了呢？”

“你知道金属疲劳吗？”

“什么鬼？”

“简单来说就是你拿个铁勺，然后双手反复用力去折，一开始可能没有什么变化，可是在某一瞬间，所有受力产生的作用开始显现，啪的一下，勺子就断了。”

“……我有些明白了。可是，就不能重新开始吗？”

“可能对于某些人来说，一个东西坏了就坏了，失望过多导致没感觉了。你想找回的不是她，而是那段她与你同甘共苦的回忆罢了。”

“我一直以为，只要赚了钱出了名，爱情就会更加牢固。可是……我还是搞不懂女人心……”

“当你的所有目光都放在人生的高山之时，你会以为爬上山顶，就能拥有一切。等你到达山顶，你才会发现，原来生活才是更高的山。”

“越过山丘，才发现无人等候。”他突然哼了起来，随即又叹了一口气，“现在终于听懂了老男人的歌……”

给自己随便找个理由
向情爱的挑逗　命运的左右
不自量力地还手　直至死方休

我知道他当时很难受，可是用不了多久，也许一年，也许一个月，就会有新的诱惑和刺激出现，有新的山丘等待他去翻越。

男人，女人，总是不缺的。大家缺钱、缺时间、缺人脉，就是不会觉得缺真心。

人类都越来越聪明了，痴情和专一这种特质，也被视作傻子的行径。当所爱之人变得和自己想象的不一样时，选择忍耐逐渐被看成自我糟蹋。越早离开，越多祝贺。

我还是不喜欢去判断对错，情爱总是结苦果，幸福到底是对谁说。

只因童话故事的结尾，总是没有续篇。

四

《东京日和》中，摄影师荒木经惟对于亡妻的细腻思念与追忆让人动容，可是谁又能保证，如果妻子健在，爱情依然可以长存？

也许爱情故事最美好的结局，就是在你们还深爱的时候，另一个人率先死去，从此只剩一个人对另一个人深深地想念与追忆，不再有无常的挑拨与分离。

什么仇恨啊，什么深爱啊，多少春秋大事变成白纸黑字也只是一翻而过。时间是最强大的存在，你的悲欢离合，你的千里婵娟，你那些撕心裂肺却没有死去的瞬间，等到韶华白首，白驹过隙，发现许多自以为铭心刻骨的爱与恨，真的不过是一转眼就无影无踪。

一转眼爱人变路人，一转眼朋友变仇人，一转眼功成名就抑或碌碌无为几十年。

不过一转眼的工夫，白云悠悠，蓝天依旧，一个人的心里，犹如小池涟漪，复归平静。

彻底的爱与恨，都让我们不再麻木，只是活得疲惫。

当我们放下热情与执念时，即使知道平凡才是最后的答案，也要自我安慰。

我依然选择不疑真心，我依然选择全力以赴。

怀疑与倦怠始终不是一件愉快的事情，傻一点的人总是选择相信，总是会用力过猛，可我总觉得，貌似像他们这样，才会比较幸福。

这样，才像真正活过之人。

我依然选择不疑真心，我依然选择全力以赴。

我只能给你最卑微的温柔

一

《射雕英雄传》原著第二十一回“千钧巨岩”中，欧阳克落入了黄蓉设置的圈套，双腿被砸在万斤巨石之下，眼看是活不成了。此时黄蓉为欧阳锋所迫去救他，欧阳克奄奄一息，见到黄蓉仍勉强挤出笑容。

“我是活不成的了，但见到你出力救我，我是死也欢喜。”

黄蓉心中忽感歉疚，说道：“你不用谢我，这是我布下的机关，你知道么？”

欧阳克低声道：“别这么大声，给叔叔听到了，他可放你不过。我早知道啦，死在你的手里，我一点也不怨。”

黄蓉叹了口气，心道：“这人虽然讨厌，对我可真不坏。”

看过《射雕英雄传》电视剧的人都知道，欧阳克身为小毒物，实在算不上什么好人，倒是生性潇洒风流，颇有绅士风度和骑士精神，就凭明知自己被黄蓉害得即将殒命之际，还能给予她最后的温柔与关心这一点，也不枉这情种的一片痴心。

就凭这句话，就能让许多读者顿生同情与好感。

人之将死其言也善，厌我也罢，恨我也罢，选择原谅是我最后的温柔，也是我最卑微的真心。

我常常看到这么一些人，因为对自己喜爱的人表白失败，就破口大骂，把对方说得一文不值。说什么你也不过就这样，有什么了不起的。或者分手之后在背后把前任贬得一文不值，好像所有的错都是对方的，自己最大的问题就是眼瞎遇人不淑，然后重复一次又一次的眼瞎。眼瞎你咋不戴墨镜呢？

所以说，分手之后最见人品。

打牌也好，游戏也好，爱情也好，事业也好，当一个人春风得意的时候，你看不出他的真实品性；唯有当一个人面对失去与失败的时候，才能看出他真正的性情。

当你已经不能从对方身上获得什么的时候，你是什么态度与表现，最能体现出你感情的纯粹与真挚。

二

比起柏拉图式的精神之爱，卡西莫多式的爱似乎更简单和纯粹，连交流与被爱的渴望都不奢求。真的做到了我爱你，干卿何事。

雨果的《巴黎圣母院》中最经典的形象就是钟楼怪人——卡西莫多。这个丑陋的怪人一出场就是反派，奉命去劫持女主角艾丝美拉达。在广场上受刑之时，所有人都在唾弃他、辱骂他，他绝望而痛苦，却也似乎习惯了接受世人对他的恶毒、反感和恶心。就在这深深的绝望深渊中，他曾经伤害过的女孩艾丝美拉达却不顾他人不解的眼光，心疼地给他送上了水壶，让他解渴。

卡西莫多本以为女孩是来羞辱他的，未曾料到世上还有这么善良的人，以德报怨，也不嫌弃他的丑陋，书中描写道：“他那始终干涸而焦炙的独眼里，一大颗泪珠滚动，并顺着因痛苦绝望而久久抽搐的畸形脸庞，缓缓地流下来。”

这是这个苦命人生平第一次流泪。从此，他就无怨无悔地爱上了善良纯洁的艾丝美拉达。

后来，当卡西莫多救了女孩后，他对女孩说：“我知道，我的样子很丑，叫您害怕……您就一眼也别瞧我，我没关系的……如果让您难受，我反而更加自责……”

他给了艾丝美拉达一个金属哨子："当您需要我的时候，或者觉得见我不会太厌恶的时候，就吹这个哨子，我就马上出现……"

如此卑微而胆怯，却又如此温柔而体贴。

在保护心爱之人的这段时间里，他始终小心翼翼，害怕自己的丑陋吓着她，总是选择在阴暗的地方躲着，避开女孩的视线，给予她最及时的帮助……他心中没有任何幻想，他从不敢奢求艾丝美拉达的爱，甚至为了她的幸福，他愿意去撮合她和她心爱的骑士队长。

那一段两人相处的故事是全书我最爱的片段，有心酸，有纯真，也有小小的幸福，还有卡西莫多自卑的温柔。说不清更多的是温暖，还是难过。也许爱本来就是这样吧，带给你幸福的同时，也给你星河般无限空荡的忧思。人间总没有单纯的快乐，快乐也总是夹带着烦恼和忧虑。

你接受也好，不要也罢，我只是轻轻地、心甘情愿地想守护这一道光。

我什么都给不了你，我只能给你最卑微的温柔。

三

1996年，张幼仪的侄孙女张邦梅在美国出版了张幼仪的英文版口述自传*Bound Feet and Western Dress*。

书中，侄孙女问张幼仪："你爱没爱过徐志摩？"

她说："你总是问我，我爱不爱徐志摩，你晓得，我没办法回答这个问题。我对这个问题很迷惑，因为每个人总是告诉我，我为徐志摩做了这么多事，我一定是爱他的，可是，我没办法说什么叫爱，我这辈子从没跟什么人说过'我爱你'。如果照顾徐志摩和他的家人叫作爱的话，那我大概是爱他的吧。在他一生当中遇到的几个女人里面，说不定我最爱他。"

因为她在两个人的故事中早已被动出局，她什么也做不了，只能给他最卑微的温柔，对他的家人好，也从不曾怨恨过他。

有人会说，值得吗，为这样一个渣男？

如果人类的情感可以量化，可以用值得不值得去衡量，那倒也不值了。

相逢一场，良缘也好，孽债也罢，既然种种因缘最终选择了分别，你我便已陌路。该舍不该舍，谢幕要郑重。

能够再也不恶语、不怨恨、不纠结、不责难，是最后能给的尊重。

即使你是被抛弃、受伤害的那一个，至少你还拥有放下过去的权利。

有人问我，爱一个根本不在乎你的人到底有没有意义？

问什么意义，当你发现自己能够无怨无求地爱上一个人，这本身就是意义。

爱就是不会问，值不值得。

永远无法满足的性

红尘男女，世间百态，多少故事都围绕着一个“性”字。从人类开始繁衍的那一刻起，有关性的话题就注定不会消失。

单纯聊一聊与性相关的小事，不一定正确，就当一个参考。（正经脸）

1. 精神分析大师弗洛伊德提出的力比多（性力，泛指一切身体器官的快感）中认为皮肤感到痒就是一种力比多，是性欲在皮肤上的一种本能表现。所以从一个孩子挠痒痒会笑开始，他就有了性欲。有一种说法，越怕痒的人性欲越强。我觉得未必，大家可以验证一下（从此不能直视挠痒。不过人老了以后，貌似往往是不会怕痒了）。

2. 处女情结最早源自父权社会中男性对于自己子女的确认。然而在当今社会，有处女情结的男人在性爱方面往往表现得敏感且自卑，与其说是为了传统观念中的那一层膜，不如说是害怕与别的男人做比较的自尊心在作祟。对这方面越自信的人就越不在乎，比如人妻控曹操。

3. 除非真是遇到绝对合适的梦中情人，绝大多数情况下，两性之间从来不吃醋绝对不是好事。一个从不吃你醋的人，要么暗暗吃着别人的醋，要么早已被别人吃完了。

4. 美食和性爱的快乐都能够让你暂时地回到动物性，忘却周围还有那么多烦恼，所以普通人最容易对这两件事着迷。毕竟食色性也，这是从人类诞生起延续最久的快乐。看一个人的吃相，往往可以预见他的色相。习惯狼吞虎咽的人，在床上往往也是如此。

僧人戒色戒荤，过午不食，本质是为了孕育灵性、消除动物性的本能干扰。

5. 成年人请不要相信柳下惠。虽说爱是克制，喜欢是放肆，但在性上面，努力争取是男性荷尔蒙与睾酮素分泌的本能，如果这方面不积极，多半生理有问题。一个与你关系亲密、明明可以进一步却退却的柳下惠可能存在以下三种情况：

①他是同性恋；

②他阳痿；

③他有女友或老婆，根本不想跟你发生关系，以免惹

麻烦。

6. 事实上，很少有女性对自己的性爱质量是非常满意的，因为对于男性来说达到高潮的速度比女性快很多，往往在男方一脸满足时，女性才刚开始有感觉。很多自称性冷淡的并非真的冷淡，而是曾经的经历确实没有令人感到满意过，于是心生冷淡。

虽然世界卫生组织（WHO）对男性早泄的定义是抽插超过十五次以上不射就不算早泄（这玩意儿还能量化指标……），不过对于女性而言，对这个的标准显然高很多（有的人甚至认为不能让女性达到高潮的都算早泄……）。

然而男性对自己的性爱质量很少有不满意的，因为男性在这方面总是莫名地自信与自欺。

7. 虽然房事不和谐的夫妻也有可能很恩爱，但需要在其他方面得到弥补。反之，特别恩爱的夫妻在性方面必然很和谐，甚至有一些不为人知的性隐私和性尝试。一些相处良久的情侣，没有特殊原因而分开，说是性格不合的，多半是性事不合。

8. 真正撩人的地方，不在一次性事的发生前，而在一场高潮之后。请体味一会儿。完事后能拥抱着彼此倾诉的恋人，关系的亲密度和持久度远胜倒头大睡或抽烟不语的。

9. 造物主为了保护男人不过于痴迷性爱而纵欲而死，会让男人在高潮结束后有一段非常空虚困倦的放空时间（宅男们说的贤者时间）。在这段时间里，男人通常还会产生一个奇妙的念头："我为什么要做爱？这到底哪里有趣了？生亦何哀，死亦何苦。"当然，这念头总是一闪而逝。

10. 对性过于压抑，会对人的各方面产生不良影响。由于传统观念的束缚和羞耻心的作用，人对性本能的渴望反而会带来对自我的厌恶感，感觉自己龌龊或肮脏。事实上，对性的压抑会导致歇斯底里人格，阻碍性冲动的发展，很容易让人变得狭隘偏激。你可以去看看在网上粗鲁留言的人，他们几乎都是属于这一群体。对于性的态度，越大方越自然越好，放纵固然不好，压抑却也于己无益。

11. 那些在艺术、军事和政治方面富有天赋的人，往往是高效性变态和精神病的结合物。**因为思想太自由的人，身体往往也很自由。**在他们看来，按照自己的本心生活才是最大的快乐，其余一切，都没有那么重要。什么年龄、性别、道德、责任、爱情、法律，都是浮云。

12. 真正的调情不是抚摩对方的身体或用言语挑逗，而是建立一个吸引力空间，在这个空间内将对方当作独一无二、补全灵魂与肉体残缺的存在。打个比方：一个乐手为心爱的人写一首歌，在舞台上情绪饱满地唱给对方听，这个时候，就是完美地调情。请体会。

13. 性与爱一样，需要神秘感与新鲜感，也更需要安全感与幸福感。最完美的性爱，应该是一次美好回忆的圆满收尾，而不是一场寂寞男女的偶然相会。性是一个黑洞，永远无法被满足，只会慢慢消减需求。当浪潮退去后，剩下的礁石，才是你生命的痕迹。

再多的高潮，也不如走进你的灵魂出不去的人来得深刻。

第二章

你是我最后的底裤

你看见了我所有的愚蠢、虚荣、世故、懒惰与坏脾气，
我也看见了你所有的骄傲、庸俗、欲望与臭矫情。

那些想得到却不可得的，最终都化作了执念

一

有个男的，被女朋友甩了，于是他千方百计地想要挽回这段感情，回到从前。

这本是常有的事，经历过痛苦的人老想回到过去。然而离奇的是，他是真的想穿越时间回到过去，他说只要打穿一款神秘的游戏，就会出现一扇门，穿过那扇门就能回到旧时光。有人问他：“且不说你能不能回到过去，你只是要追回你的女朋友，何必非要回到过去，现在也可以追啊！”

他说：“你不懂，当时我们都有病，而现在她病好了，追回来也只是可怜我。”

其实我也不懂，为什么一定要大家都有病。

后来他打穿了游戏，他一次次穿越回到从前，想回到最初相见的时刻。一次次与曾经的女友擦肩而过，他开始逐渐想不起来最初的画面，也开始想试着圆滑，在某个节点放下执念过自己的生活，可是这空空荡荡的感觉，这无法着落的心念，始终推着他再次回到从前。

他终于找到了人生初见时的女友，她还是记忆中的模样，只是时间却在自己身上无情地流逝，只剩下长满皱纹的笑脸，流着泪最后一次说再见。

这个故事叫《李献计历险记》，动画版的故事很早就看过，当时只觉得画风酷炫，如今看来却有了更多的唏嘘。我想，他们相恋的时候患的病，其实不是差时症，而是一种叫作爱情的病。当爱情的病痊愈之后，有人向前走，有人却驻守停留，这才有了真正的差时症。

有些人的灵魂，遇到一些人、一些事后，会产生一个洞，他也可以跟别人一样嬉嬉笑笑、吃饭喝酒，只是如果那个洞填不满，就永远觉得自己是行尸走肉。

大家都在往前走，他却停留在一个人的从前。

二

心理学上有一个术语叫过度补偿，指个人在身体方面或心理方面的欠缺感引起了过度的补偿行为或“矫枉过正”。

打个比方，比如一个小女孩在小时候特别喜欢漂亮的衣服却买不起，长大后自己有能力了就会超出自己需要地过度购买喜欢的衣服。

比如说我，小时候特别想要一台自己的电脑，等了好多年都没实现，而现在我几乎每过一两年就会换一台新电脑，远远超出实际需要。

记得余秋雨在一篇文章中写到，自己的外婆去世前，突然回光返照，只有一个临终愿望，就是喝荷兰水，其实就是可乐。只因外婆小时候偶然喝到过一次，深深觉得好喝却再也没喝到过，便到临死也念念不忘，难以咽气……

人终究会被其年少时不可得到之物困扰一生。

一些已经结婚生子的中年男人，依然会对曾经苦苦暗恋与追求却不可得的女孩念念不忘。如果条件成熟，比如《蜗居》中的宋思明，或者京东的强哥，遇到自己初恋般的女孩时，就会重新燃起爱情，奋不顾身地投入到少年般的恋情中。

人是动物性和神性的结合体，区别的指标是欲望的深浅。

当人完全被自身的欲望驱动，陷入极端的贪婪与痴妄，只顾自我的享乐与放肆时，就成了禽兽。

而人类想象中的神灵，总是无欲无求的。

是人就会有欲望，如何处理欲望，是所有行为的根源。

如果欲望受到过度压抑，一旦时机成熟，造成的反弹是可怕的。一个人若是在荒岛困了一个月，回到人世后就会饥不择食，什么好吃的都往肚子里塞；一个人从小贫穷困苦，得不到渴望的一切，一旦手握大权或者成了暴发户，就会加倍地敛财、贪得无厌。

那些想得到却未得到的，多少都化作了执念。有的埋在心底，偶尔翻出来咀嚼，有些化作野心与志向，奋发图强，励精图治。有的成了一辈子的遗憾，有的成了人生的丰碑。

“理想主义者不屈服于世界而要让整个世界为之屈服，如果不能，他们将带着自己的理想和勇气到地狱而战。”

三

有好多词，听起来都很像，比如执着、坚持、倔强、固执、迂腐。它们明明差不多是一个意思，但你能明显感受到其中的感情色彩。坚持和倔强总是让人欣赏，而固执和迂腐总是不讨人喜欢。

如果男生追一个姑娘，姑娘对她有好感，那么他不懈的追求就是坚持；如果姑娘不喜欢他，他的努力就成了执着；如果姑娘讨厌他，他就变成了固执的痴汉。

如果一件事，大家都认同你的持续努力，你就是坚持；大家都反对，你就成了固执。是不是这个理？

可人世间的对与错，哪是那么容易就能判断的。

也许你一辈子就做了一件事，在某些人的眼里，还不如一个笑话来得有意义。

你的付出，你的奉献，你的牺牲，你的痛苦，也许只有你一个人能感受，在外人眼里，你只是困在自己城堡里的野兽。

人想要活得更轻松，总是难免要打磨自己的棱角，让别人舒心点，似乎自己也能活得更好……说圆滑可能刺耳了点，现在的人喜欢说高情商，其实从古到今，善于适应变化的人总是能活得更自在。执念太重坚持自我的人，要么燃烧自己，要么损伤他人，他们要么变得伟大，要么就成为笑话。

人们想要的个性与特别，只不过是在期待阈值内的表演。
要不怎么说，我们都活得越来越像演员。

老子说，上善若水。
诚不我欺也。

可以和不喜欢的人结婚吗

小岩井老师：

也不知道你会不会看到这封信，我现在面临一个很艰难的抉择。我之前交过一个长达五年的男朋友，一开始我们感情很好，但是后来工作以后分隔两地，我去了他的城市和他同居。然而他的工作不顺，开始变得自暴自弃，没事就玩游戏也不爱出门，甚至对我冷言冷语，和我吵架。这些我都忍了，而且也好言相劝，但感情已经逐渐有了裂痕。有一次我发现自己意外怀孕，我认为既然有了孩子，还是生下来，毕竟我们有感情基础，就跟他商量回我们的家乡结婚生子、安家立业。

可是他非常反对，觉得现在没钱结婚，也无力抚养孩子，强烈要求我去打胎。我们争吵好多次后，我忍着眼泪和委屈独自去打掉了孩子。在身心疲惫地离开医院的那一刻，我发现我对他再也没有了爱，只有冷冷的麻木。

后来我们分手了，中间纠缠过几次最终也断了。我回到了家乡，找了一份稳定的工作，慢慢恢复过来，却也害怕再谈恋爱了。年纪慢慢大了以后，父母也开始催婚，给我介绍了一个相亲对象，长得端正，工作稳定，各方面真的觉得蛮适合的，有结婚的基础。我也很想好好过日子，所以就开始以结婚为前提和他交往起来。

然而，我发现自己始终无法喜欢上他，和他在精神上谈不来，很无趣的感觉。我们聊了两个多月就确定了关系，到现在也交往小半年了，我却始终无法在身体上跟他很亲密。每次他搂我抱我的时候，我都觉得特别别扭，他好几次要亲我，我也会习惯性地躲避，即使亲了也没有美好的感觉，只想快点去漱口。

每次约会回到家，反而觉得一身轻松，看看美剧听听歌，也比和他坐在一起不知道说什么要自在得多……

跟父母说了我的情况，父母说我矫情，当自己是公主啊，有个喜欢我的、条件又不错就该珍惜，挑来挑去最后什么男人都挑不到。结婚了的表姐也劝我，说结婚不一定要有多喜欢，最重要的是适合，爱情又不能当饭吃，只要日子过得好，慢慢就会有感情，就会幸福的。

现在两家在商讨明年结婚的事宜，但我心里还是不甘心。我想问问小岩井老师，跟一个不喜欢的人结婚，有可能幸福吗？还是说，我的想法有问题，该怎么样去改变呢？期待您的答复。

小 C

每次看到这样的问题，我总会很为难。

你当然可以做任何你不喜欢的事情，你拥有你的自由意志，别人无从干扰。只要你真的想通了，即使结果不满意也能忍受，心甘情愿绝不后悔，谁会有话说呢？毕竟生活是你自己的，如人饮水冷暖自知。

父子至亲，歧路各别，纵然相逢，无肯代受。——《地藏经》

（你的苦痛与快乐，纵然你的父母也无法代你感受，大家各自有各自的人生。）

之前你爱的人，生活中出现问题也会分手，那么如果你不爱那个人，你确定你真的能忍受生活中可能出现的一切逆境与不顺、争吵与不满？

我还是希望你和男方有一次成熟的对话，聊聊自己内心的想法，听听他的想法，也许开诚布公会让你们更了解彼此。而不是自私地因为条件不错，而吊着对方，食之无味，弃之可惜。这样对对方也是不小的伤害。

现在说说我的想法。

站在我自己的角度上，我是绝不会和不喜欢的人结婚的，我甚至做好了宁可孤独一生看书写字的准备，也不想跟自己一开始就知道不会喜欢的人结婚。

我曾经不喜欢一个室友的言行，就直接搬出去了，更何况和一个不喜欢的人天天生活在一起，同床共枕？我知道，我肯定忍不了。

但是给别人提建议，我不会这么说，因为每个人的情况和心态不同。而且说句实在的，是否在合适的年纪结婚生子，对很多女生来说，显然跟幸福直接挂钩，成了一个重要的人生任务，这无可厚非。

你表姐劝你的话很典型，很多人认为结婚不一定要多喜欢，条件多合适，能够养家糊口、衣食无忧就足够了。

上一辈的很多人在一起也没有爱情，不也过完了一生？

这样想的人，也许夫妻未必有多恩爱，但是家庭生活如果能平静温和，性格不太相冲，外人看起来也挺幸福。

就像许多已婚朋友的朋友圈，我永远看不到他们的另一半，只是在孩子出生后没完没了地晒娃，这也是一种幸福，谁说不是呢？

挺好的，真的。

这话可能很残忍，所谓命中注定的另一半，只在小说和电影里永远不缺，生活中撞到的概率其实就跟中彩票差不多。即使撞到了，你的王子的眼里，多半也只有别的公主。

现在中国的实际情况是同等优质的男生相比优质的女生，实在太缺乏了，供不应求。即使工作能力相当的男女，在情感能力上，男生也有天然的不足。这是时代发展的不平衡，无关大家的努力程度。因为男生要结婚，女方首先要求有车有房，这个压力就已经让很多人败下阵来。于是许多人在追逐物质的过程中，忽略了精神层面。

其实，如果你觉得自己对婚姻稳定的渴求，对孩子的渴求，远大于对爱情的渴求，我也不觉得这有什么问题。**毕竟不是每个人都觉得爱情是那么可贵的，没有爱情的婚姻，就跟没有牛肉的牛肉面一样，可以吃，也能填饱肚子。**

我完全不反对这样的选择，每个人有每个人的追求，祝愿一切安好。

但是，时代真的不同了！

很多年轻人都低估了自己对于不喜欢的事物的忍受能力。

我小时候家里是黑白电视，只有两三个台，根本没的选，吃完晚饭守在电视机前，就算是广告也会津津有味地看完。现如今打开电视几百个台，随便看一个节目或电视剧，稍微觉得无趣就转台了，大不了就关电视然后开电脑自己找电影看。

同样地，上一辈的婚姻之所以能长久，是因为很多人没的选。通常父母之命、媒妁之言，或者组织安排、领导介绍，加上七大姑八大姨一怂恿，稀里糊涂就结婚了。等到真的结婚了，即使不喜欢，或者过得不开心，别人劝一劝多半也就忍下来了，就这么熬了一辈子。等到子女成人、儿孙满堂时，自己也分不清是幸福还是不幸了，有些也会觉得这种生活已经很圆满了。

你以为想离婚的少啊？多少是为了孩子忍气吞声熬下来的？

最好笑的是，这帮经受过痛苦的人，回过头来还劝自己的孩子跟不喜欢的人结婚。

我们这一代人，受过现代化教育，读过一些书，也有一定的精神追求，分得清这个世界上什么是自己喜欢的，什么是自己不喜欢的。

很多人婚姻不幸的原因就是光想着从对方身上索取自己想要的东西，无论是男的要美色，还是女的要物质，本身这些都是人类求偶的正常需求，无可厚非。如果互相喜欢，索取的同时也会想着付出，给爱人买贵的东西心里也开心，每天辛苦地给对方做可口的晚餐也会甘之如饴。

如果不喜欢，生活的琐碎就都成了负担。总是斤斤计较自己的付出，为对方的家人买了多少东西啊，对方一挑剔自己做的饭菜就会暴走啊，就算给对方收拾衣服也会心烦气躁……

婚姻不是谈恋爱啊，朋友！谈恋爱可以出门前打扮得光鲜靓丽，出手大方一掷千金只为红颜一笑，罗曼蒂克只为保留美好瞬间。

婚姻就是实实在在的吃喝拉撒、衣食住行，那些东西一点都不浪漫啊。每天你在刷牙的时候，有个你不喜欢的男人坐在马桶上，胡子拉碴、头发凌乱。吃饭的时候坐在你对面，聊着你不感兴趣的话题，睡觉的时候想跟你亲密一点，你只想离他远一点。然后在外人问起的时候，你微笑着说："我觉得过得挺好的呀。"

中国年轻人的离婚率逐年攀升，结婚前大家都觉得自己能够忍受对方的缺点，等到实际的生活中，才发现不能忍受的东西远比想象中的还要多。

你是否愿意嫁给这个人，无论是顺境或逆境、富裕或贫穷、健康或疾病、快乐或忧愁，你都将毫无保留地爱他，对他忠诚，直到永远？

希望我们真的能读懂这句婚礼的誓词。

我们还是渴望爱的，远比我们以为的要渴望。
我始终相信，对自己真诚的人，更好运。

也许有一天，你遇到的那个人，他并不优秀，也并不出众，并不高大威猛，甚至跟你曾经想象的老公模样完全不同，可是你知道，你说的话他都懂，在他的怀里，你的心很静，你的情很稳。你问心无愧地爱着他，也确信他对你的感情很真。

就像金士杰老师那段感人视频的结尾那样，真希望所有女孩子有一天都能带着一个男孩回家，然后骄傲地对父亲说：

“爸，你看，我找到了，就这个人，我非他不嫁。”

你是我最后的底裤

你们若不回转，变成小孩子的样式，断不得进天国。

——《圣经》

一

和友人在阳台喝茶，友人问我："你心目中最美好的爱情是什么样的，有具体的例子吗？"

我几乎没有思考，就蹦出来两个人名："郭大路与燕七。"

友人不解："谁？"

我说："是古龙笔下的人物。"

古龙的书我看得不多，最喜欢的是《欢乐英雄》，里面的四个主角都好可爱，过得很穷却很快乐。其中有个主角叫郭大路，他总是很穷，做事也总是很粗心，一

不小心喜欢上了女扮男装的燕七姑娘，却一直为自己的性取向而挣扎。（好像某个日剧的情节）

然而这个粗心的汉子，说了一段让人窝心的情话。

郭大路对燕七说："为了王老大（他最好的哥们儿），我会将所有的衣服都当光，只穿着条底裤回来。"

他笑笑，接着道："但为了你，我可以将这条底裤都拿去当了。"

燕七嫣然笑道："谁要你那条破底裤。"

那个时候，这个粗线条的男人，依然不知道燕七是女的。可他是个粗心的大侠，喜欢就是喜欢，就算他搞不懂自己的感情，也明白地表达了自己的心意。

我一无所有，可我什么都想给你。

这段话其实很孩子气，却让我久久难以忘记。

人吧，其实本性多少都是有点自私的。

所以爱很伟大，它让我们变得不自私。

就像王小波写给李银河的一段经典情书所说：

我爱你爱到不自私的地步。就像一个人手里一只鸽子飞走了，他从心里祝福那鸽子的飞翔。

能够和我在一起，是我的荣幸，我会努力给你最好的一片真心；如果无法在一起，我也祝福你。只是我也分不清，我的心情，更多的是难过还是温情。

二

一个男人如果真的爱上一个女人，会是怎样的表现呢？

也许每个人都有自己的经验和见解，或是变得慷慨大方，或是变得容易吃醋。不过，于我而言，当我真的爱上一个人时，我觉得在很多时候，我会变得如同小孩子一样。

这种孩子气，并非幼稚、冲动、任性，而是一种纯粹放松的真挚感情，他抱你的时候你知道他是真的需要你，他看着你的时候你看不到多余的杂念……

因为真正的孩子是不会撒谎的，真正的孩子也不会掩饰自己的情绪。难过了眼泪就会哗地流下来，一开心又会破涕为笑。

一个男人对你温柔慷慨，也许这只是他的性格使然；

一个男人记得你的生日、“大姨妈”日，所有重要的日子都送花，那也许只是技巧；

再或者他满口的甜言蜜语，让你心花怒放，也很可能是花招。

无论男人还是女人，常常在爱上面分不清楚别人是善意、习惯、性格、技巧，还是真心喜欢。

男人有点钱，总怀疑别人喜欢的是物质；

女人天生丽质，总觉得男人都是看脸的肤浅生物；

而小孩子很简单，我喜欢你，我把我最爱的玩具给你。他们根本不会去分析，因为什么而喜欢，或许是笑容好看，或许是对方和自己一样爱玩泥巴……

爱是什么，有人奉若圭臬，有人视如草芥。

其实我们回到孩子的心态，人人都有过最初的安全感，或是母亲的怀抱，或是父亲的臂膀。

其实爱可以有千万种形态，但我目前最喜欢郭大路这一种。

我相信你会一直在，即使我有时候感觉不到你的存在。

你是我最后的底裤。

平时穿着没感觉，一旦脱下就浑身不自在。

一旦拥有过，就不想再失去。

三

我对你根本没抱幻想。”他说道，“我知道你愚蠢、轻佻、头脑空虚，然而我爱你。我知道你的企图、你的理想，你势利、庸俗，然而我爱你。我知道你是个二流货色，然而我爱你。

——毛姆《面纱》

随着慢慢长大和世俗的浸染，我们的灵魂中逐渐有了很多杂乱的东西。这些东西让我们变得有技巧，变得理性而客观，也让我们变得更加虚假与圆滑。

在那些肮脏世俗、纷杂缭乱的东西背后，如果与另一个人同时看到了一线金黄色的阳光，就如同黑暗舞台中一抹耀眼的追光打在你们的灵魂深处，想必那就是灵魂伴侣吧。

你看见了我所有的愚蠢、虚荣、世故、懒惰与坏脾气，我也看见了你所有的骄傲、庸俗、欲望与臭矫情。

我们成了彼此最后遮羞的底裤，也成了彼此生命中的肋骨。

如果你发自内心地爱一个人，你会心甘情愿地跟她分享你的一切——你的快乐与烦恼，你的过去与未来，你的得到与失去。而非控制与被控制、依赖与被依赖、怀疑与被怀疑、埋怨与被埋怨。

当爱消失了，烦恼就接踵而来，欲望和杂念蜂拥而至，什么东西都可以出现，唯独没有爱。

没有真正的爱，就不会有信任、忍耐、鼓励、温柔。那双挑剔的眼睛永远可以从外物的不足中验证对方的不足与失败。

回到郭大路与燕七的故事，他们还有一段对话。

燕七听到有人在对她说：“你喝下这杯酒去，我们就讲和好不好？”

她的心一跳，抬起头，就看到了郭大路。

郭大路脸上并没有生气的表情，也没有痛苦之色，还是像往常一样，笑嘻嘻地看着她。

这副嬉皮笑脸、吊儿郎当的样子，燕七平时本来有点看不惯。她总觉得一个人有时应该正经些、规矩些，但现在也不知为了什么，她忽然觉得郭大路这样子非但一点也不讨厌，而且可爱极了。她甚至希望郭大路永远都是这样子，永远不要板起脸来。

燕七笑了。

这时天色忽然开朗，一线金黄色的阳光破云直照下来，照着大地，照着燕七，也照着郭大路。

这阳光就像是特地为他们照射的。

太正经的人，总是少点真挚的气息。所以女人总会爱上有些孩子气的人，他们活得真，感情也更加让人信任。

正如《菜根谭》有言：交友须带三分侠气，做人要存一点素心。带着赤子之心的感情，总是更让人珍惜。

你是我最后的底裤，遮挡我灵魂的残缺。

如果你发自内心地爱一个人，你会心甘情愿地跟她分享你的一切——你的快乐与烦恼，你的过去与未来，你的得到与失去。

毁灭爱情的六种思维

爱情通常被认为是感性的精神产物，我们总会说看眼缘，凭感觉，以为感情就是依托于虚无缥缈的心动与情绪波动。

果壳上的理科男从人体激素的角度来解释爱情：荷尔蒙决定一见钟情，多巴胺决定天长地久，肾上腺素决定出不出手，自尊心决定谁先开口。最后，寿命长短决定谁先走。

要维持高质量的爱情，激情与愉悦固然不可或缺，然而激情总会退去，要想长期保持美好的感情，维持互相的吸引与好感，本质上更需要理性的思维与自我管理。

感情中的吸引力从来都不表示理所当然的存在，责任感、安全感、神秘感、情感激励与沟通方式等，任何一个维度的坍塌，都可能造成情感的骤然毁灭。

我们常说爱情最后都会化作亲情，然而如果没有正确地处理两性关系，当荷尔蒙的冲动与多巴胺的愉悦感消散之后，两个人就只剩下分道扬镳了。当你觉得一切都可以按照你的意愿进行时，才是最危险的节点。

以下总结了严重影响爱情质量的六种思维模式，当人在感情中用这样的思维进行互动时，落幕与悲剧是迟早的事。

1. 利己思维。

自私是人的本性之一，本无可厚非，每个人都希望自己活得更好些，也都本能地倾向于更有价值的人、事、物。在感情中，如果对方没有一点自己看中的价值，当然不可能在一起。利己思维指的是那些纯粹抱着在感情中占便宜的心态，不肯付出，只想着索取。

一切以自身利益作为出发点，不肯吃亏，一旦出现问题，总是归结到对方身上。

抱怨、嫉妒、生气、作、一味地索取、不愿意付出，这些现象通常出现在自认为比对方有价值的人身上，比如自以为是男神或女神，觉得对方是备胎转正，自以为自己条件比对方好，选择的机会成本更大，和对方在一起是屈尊，委屈了自己，对方要感恩戴德。

比如之前《非诚勿扰》有个女嘉宾杀夫的案件，就是因为上了节目以后虚荣心暴增，真把自己当女神了，结果结婚后总要跟别人比较，觉得自己嫁委屈了，越看老公越不顺眼，一念之下想不开，就做了错事，害人害己。

英国牛津大学生物学教授理查德·道金斯在他的科普书《自私的基因》中，推崇达尔文的进化论，从为什么有生命这个问题出发，引入了复制因子的概念。复制因子制造生存机器，为了自己更好地复制。简而言之，人类在两性选择上，所谓的感觉，往往是基于基因本能地选择有价值的延续方式。

所以不管是看重对方的外表，还是喜欢对方的才华，这都是正常的基因选择。只是在具体的相处中，如果陷入利己思维，不懂得投桃报李，把别人的好视作理所当然，爱情必然不会长久。

2. 物化思维。

也可以叫条件论，就是把人作为高级生命的精神属性进行分割，物化为一个个实际的具体条件，比如身高多少、收入多少、学历如何、长相几分、房子多大等。

这个人身高180厘米，年收入50万，有车有房，嗯，这是个优秀的选择对象。那个人画画虽然好，但是卖不出去是个穷画家，没有什么价值。这样去比较人的话，不但肤浅没有人味，而且很愚昧。人的好坏善恶、能力强弱等，受到许多因素的影响，很难简单地从物化的条件论角度去判断。

俗话说人比人，气死人。纯粹用条件论去对待感情，永远会有条件更好的人出现。用物化的思维去看待每个具有独立个性的人，不但对别人是一种侮辱，更是对感情的一种亵渎。

有一个经常拿出来辩论的议题：爱情可以用金钱买到吗？

当然，根据不同人对爱情和“买”的理解，会有不同的答案，那我就直接抛出我的观点——不能！

如果纯粹从市场交易的角度来说，你可以买到老婆，买到炮友，买到情人，却买不到爱情本身。

因为爱情的基础是平等与互相尊重的两个独立个体，任何依附、捆绑、奉承讨好、哄骗等，都更像是一种你买我卖的交易，而不是建立在共性与吸引前提下的亲密伴侣关系。

确实，好的物质条件可以保证爱情不受到更多现实的考验，但物质本身不能直接交换爱情。

3. “牺牲”思维。

有一类人谈恋爱就跟炸碉堡一样，相当玩儿命，非常用力。会用许多感动自己的方式故作牺牲的姿态，觉得自己牺牲了那么多，如果对方有对不起自己的地方，就生无可恋、暴跳如雷。

这种牺牲往往不是真的牺牲，别人其实并不需要，比如为了道歉在雪地里跪一晚上，或者在对方生日的时候买了999朵玫瑰等，说不定还给对方带来了负担。

他们往往只是感动了自己，然后故意让别人看到。你们瞧，我多么伟大，付出了那么多，那个人好意思不爱我吗？

这其实是一种情感勒索。越是亲密的人，越容易不自觉地使用情感勒索。被勒索的一方往往有苦难言，明明觉得不舒服、不自在，但似乎对方也没做错什么，不好指责。长此以往，感情就会在那种不言而喻的压抑中走向死亡。

最糟糕的是，很多时候，自我牺牲的人到最后也不明白自己做错了什么，反而觉得对方负心，辜负了自己的一片苦心，感到加倍地委屈与痛苦。

4. 纯柏拉图式恋爱。

谈理想、谈人生、谈历史、谈哲学，就是从来不牵手，也不会多看你两眼，你觉得是纯粹美好的爱情，其实只是聊得来的知己而已。

说到底，人类也是动物，不要忽略了动物的本能。真的喜欢一个人，身体自然是想要靠近的。如果对方想靠近但你本能地想躲避，那其实是基因在告诉你，其实你并不想接受对方。

如果说两个人非常相爱，却没有一点身体反应，那不是爱情，你们当朋友好了。

5. 固化思维。

恋爱中的女生通常会傻傻地问以下这些问题：

“我老了丑了，你还会爱我吗？”

或者在第一次上床前忍不住问一声：“你会一直爱我吗？”

这个时候，没有一个男人会不做出肯定回答的。但如果这种承诺有用的话，世上也就没有出轨和劈腿了。

爱情是最无常的，充满无数不确定的因素。千万不可因为曾经的恩爱回忆，就保持固定的思维，不去进步，不去改变，认为一切都会像以前一样顺利、美好。

固化思维通常出现在情感稳定的情侣或老夫老妻之间，总认为在一起时间长了，或者结婚生子了，感情就不会有变化了。殊不知，情爱是最诡谲的东西，只要还能分泌荷尔蒙和多巴胺，人就不会停止对吸引力的追求。

一旦停止共同进步，或者不再在乎自身的提高与吸引力的维持，把希望寄托在对方的忠诚和专一上，两个人的关系就会变得非常危险。多少官员、名人、大商人在功成名就之后就抛弃了糟糠之妻，让小三上位。永远不要低估自己成长的可能，就算外貌、身材走样了，也可以用气质和阅历来替代。不要想着一劳永逸，基因决定我们要么进化，要么被淘汰，始终要保持一个进步的心态。

6. 远香近臭思维。

这个思维包含以下几个因素：

①与别人做比较；

②挑剔与挖苦；

③负能量满满。

我本人最讨厌的就是这个思维。两个人一旦熟了，就觉得再也不需要客气了，什么心里话都往外说，也开始对你挑三拣四、鸡蛋里挑骨头了。对方的优点都已经被视为理所当然，缺点反而特别扎眼。老是横向跟别人的男女朋友做比较，觉得别人的伴侣有的优点自己的伴侣都没有，就不满了。

讽刺、打压、控制欲、各种负能量的倾泻，把伴侣当作情绪的垃圾桶，还觉得理所当然，你是我的亲密爱人嘛，当然好的坏的都要承受啦。

不管怎样，大家首先是独立的个人，没有人有义务接受你所有糟糕的情绪和“踢猫效应”带来的负能量。冤有头债有主，如果你们的伴侣本身并没有做错什么，请不要把你自身的问题转移到他们身上，他们是无辜的！

远离以上六种思维，让感情保鲜保热，享受更多别样的感受，携手走向更广阔的人生吧！

越看重爱情的人，就越不容易结婚

我觉得如果真的有上帝的话，他老人家一定是觉得人类繁衍越来越容易了，所以让人类对爱情越来越看重。因为从总体上来说，人类越看重爱情，就越不容易结婚。

人类这么看重爱情，跟几百年来艺术家们的不懈吹捧息息相关。他们在小说、诗歌、剧本、电影、音乐各个层面高歌爱情的伟大与美好，令人心驰神往。似乎拥有了爱情，人生就获得了某种圆满。

和艺术家对爱情的炽热截然相反，哲学家们通常防止自己陷入爱情，因为爱情容易让人变傻和盲目。

这句话是真的。

科学家们对爱情有更理性的认知，日裔美国物理学家加来道雄通过实验室监测大脑的血液流动，来探索人类的思考模式。实验结果证实，爱情让人变傻是真的。研究证明，在人处于热恋的状态中，有爱情的感觉时，负责高级决策和思考的脑部控制中心——前额叶皮质区的血液就流出了，于是完全开始凭直觉做事了，自然会做很多傻事……

所以坠入情网的人会变得不理智，明明看到了意中人的缺点和性格方面存在的问题，即使明知道和对方在一起会痛苦和难过，依然难以放弃，一意孤行。

叔本华大概是哲学家中表现出对爱情不屑最明显的一位了，在流传的他的许多哲学随笔中，一提到爱情就变得特别毒舌。最可恶的是，毒舌的话有很多还真的很有道理，值得琢磨，比如说：

坠入情网的人会在意识中产生一种美好的幻象——若和对方集合，必可获得无限的幸福感。

爱情的主要目的，其实并非爱的交流，而是相互占有，以此享受更多的欢乐。

不管你是否承认，性欲是爱情的核心，爱情是为种族的延续做出更优选择。

越是以甜美爱情开始的恋情，进入婚姻后就越会带来更多的失望和悲剧。

用我们之前说的前额叶皮质来解释，就很好理解。当你逐渐习惯一个人后，爱情的因素退去，大脑逐渐开始恢复思考和理智，就会很容易看到实际问题。这个时候不满会逐渐累积，自私的基因会告诉你，自己的感受更重要，于是就陷入了感情的博弈和矛盾中，不可开交。

前额叶皮质成长得最晚，所以年轻人陷入爱情会要死要活，不顾一切，但是当我们都长大后，就越来越不容易执着和冲动。当你明白眼前这个人不喜欢自己时，你知道自己以后还会遇到更多更好的人。当你明白有些人即使已经付出真心，她也当作驴肝肺时，前额叶皮质就会告诉你，你应该聪明地转身离开。

诗人们总在追求恋人的时候歌颂爱情，又在得到爱情之后歌颂自由。其实是艺术家们总是追求更直觉化的激情，而不耐烦枯燥单调的婚姻。

通常听到两个人爱得要死要活你侬我侬的，嘿，结果转眼就分手了，分得一干二净，老死不相往来，最后的结婚对象反而不是他们一开始想象的那种。

那些对爱情并不敏感也不看重的人，反而更容易进入婚姻，也能在婚姻中获得自由。人类就是这么有意思。

参加一些朋友的婚宴，有的前一天还在吵架斗气，争论各种琐事，结果第二天海誓山盟眼泪哗哗，许诺一生相随，永不变心。那时候，你感觉他们真的很相爱，在座的宾客也会因气氛感染而衷心祝福。然后没过一两年，你就听到了他们离婚的消息，好像也不觉得惊讶。

不知从什么时候开始，我一点都不觉得结婚跟幸福是画等号的。

张爱玲说：感情这东西，是很难处理的，不是往冰箱里一放，它就不会变质了。

越是看重爱情的人，越容易被爱情伤害。就算你看了无数本关于爱情理论、技巧的书，把自己变得魅力迷人、无可取代，搞不好还是会受到致命一击，游戏结束。

一个人好不好，跟对方会不会始终爱自己，其实没有必然联系。

你只能尽可能地控制自己的生命轨迹，却很难真正控制另一个人的心理活动。关系的建立和维护都很困难，因为关系总是难以预测的。

我们在爱情中所迷恋的，很多时候是高于那个人实际情况的想象与错觉，你以为永远会属于你的，多半也是偶得的，抓得越紧总是适得其反，放得越松也常常送鱼入海，难死。

我相信，很多人爱的时候是真爱，不爱的时候也是真不爱。

了解一个人有什么用？他今天可以喜欢吃肉，明天可以喜欢吃素。

谁能保证因为爱而结婚的人不会突然因为不爱了而离婚？

看重爱情的人，一开始总以为自己发现了独一无二的宝藏，然而结局总是似曾相识。

流转过多少人的体温，心却日渐冰冷。

刚分手的恋人，在背后说着你的坏话；

曾经牵个手都会脸红的人，牵着别人的手出现在街对面；

她为你花了一个月的时间织的围巾，你曾经视若珍宝，如今却弃如敝屣；

每次结束一段恋情后，回看微信、微博、qq、短信，来回上千条信息，最终发现自己其实没有真正了解过一个人。

你觉得这些都是爱的证明，却不知道这些也可能只是寂寞的消遣、孤独的邂逅。

也许我们一路都在寻找着一个从来就不存在也不可能存在的，所谓良人。

爱来爱去差不多
也不知道在执着些什么
怕失望 怕冷落 怕现实 又怕寂寞
你怕来怕去那么多 早已忘了当初为什么
其实说分不开的也不见得 只要看清了真相就不再舍得

人不要让怀念成为自己人生的阻碍，因为当你再往前走时，你就会连怀念都忘怀。

爱情最终因人而异，开始重新定义。

当你觉得爱情其实也没什么了不起的时候，也许就会觉得婚姻是更实在的存在。

那时候，你可能已经变得不那么容易快乐，也不再容易生气与悲伤。

原来姹紫嫣红开遍，似这般都付与断井颓垣。良辰美景奈何天，赏心乐事谁家院！恁般景致，我爷爷和奶奶再不提起。

偷偷在记忆中画下一个×。

不管怎么样，你开心就好。

反正爱或不爱，你都会难过。

为了不再感到孤单，

说声不要害怕；

为了能安慰更多的人，

变得更强吧。

我这么优秀，为什么交不到女朋友

不要被标题误会哈，这里说的“我”是我的一个朋友，而非我小岩井。

我身边的很多女性朋友，老把我当乐嘉用，跟我倾诉情感和生活的一些烦恼让我分析；而身边的很多男同胞，则把我当媒婆用，让我给他们介绍姑娘。

确实，我也成功介绍过一些对象，有些还走入了婚姻的殿堂，算是一件喜事。不过通常这样的人，我都是主动介绍的，因为在一段时间的相处后，我会发现某些人的性格和爱好很一致，自然就会想介绍这样的男女认识。

有个小伙伴过年前家里催得紧，想让我介绍女孩。客观来说，这个人在别人眼里确实属于优秀类型，海归硕士，家里有车有房，身高长相都不错，在政府机关工作，平常喜欢跑步健身。

他非常不解地告诉我，自己也追过不少女孩，有漂亮的也有一般的，可是最终都失败了，他不明白问题到底出在哪里。

“我这么优秀，为什么交不到女朋友？有些一无是处的渣男反而换了一个又一个女朋友，难道女孩真的喜欢坏男人？”

我白了他一眼，幽幽说道：“你想听实话吗？实话可能不中听，你不要生气。”

“你说吧，我想正确认识自己，知道自己的问题所在。”

“好吧，既然如此，我就不客气了。”

我开门见山地说：“你吸引不到女孩子的原因在于，你让她们感觉，你的优秀跟她们无关。”

“怎么讲？”他问。

“第一，你太严肃了，甚至有些自我，让人放松不下来。”这个小伙伴出身书香门第，从小饱读诗书，自己也是个学霸级的好学生，家中藏书无数，让我惊叹。正因为如此，他也有着知识分子的一些坏毛病，掉书袋，说话太文绉绉，逻辑性强，缺乏情绪流露，喜欢讲道理，古板，清高。

“你的问题就是你觉得自己优秀，而且处处想显露你的优秀。你本身的一些优点的确会让人欣赏，一旦跟你相处后，你的优点反而成了人际交往的缺点。比如你经常在朋友圈分享一些晦涩艰深的读书笔记，或者言辞激烈针砭时弊，尽管会让人佩服你的才学，却也会让人感到戾气很重，以及自我感觉过于良好。

“再比如，你上次跟我讲最近看的海德格尔的《存在与时间》，并且推荐我去看。说实话，你讲了一大堆，我确实没太听懂，我也没什么兴趣听，其实我已经表露出了不耐烦的情绪，而你还在那里自顾自地说个没完，其实让人挺不舒服的。类似的聊天中，你通常不会照顾别人的情绪，只顾表达自己的感受，一旦别人有不同意见或者不耐烦的情绪，你便会指责对方没水平，或者摆出教育的高姿态进行指点，其实这让人感到很压抑。事实上，聊一个只有你感兴趣的话题本身就是不尊重别人的表现。好为人师，也是一种我执。作为朋友，我可以从你身上学习一些东西，对你的印象还好，但如果是恋人，我想，一般女孩子是不愿承受这种压抑的严肃感的。”

两性关系两性关系，当然有一个互动的过程。如果和你在一起，感觉枯燥乏味只想离开，自然是吸引不到女孩的。

所谓缘分，不过是一个人愿意讲的时候另一个人恰好愿意听。如果一个人只顾自己讲，另一个人不想听，那就只能说拜拜了。

这里插入一则王祖蓝与李亚男的故事。

李亚男作为华裔小姐，不乏人追，为什么最终是其貌不扬、个子矮小的王祖蓝抱得美人归呢？

在一个访谈节目中，王祖蓝说一开始认识李亚男，觉得她将来肯定是嫁给富豪的美女，所以也不敢起念头。

而李亚男也觉得，比王祖蓝更好的男人当然还有很多，也没多去关注这个小个子男人。

正是因为双方都觉得不可能，在一起的时候反而特别放松，王祖蓝本来就幽默有趣，所以经常能让李亚男开心大笑。

李亚男说，和他在一起的每一天都是那么愉快。

带给人开心与笑容的人，自然会让人觉得可爱。不知不觉，就情愫渐生。

一个无论工作、生活都过于严肃和自我的人，很难交到真心朋友和恋人。因为人在社会和工作中已经堆积了过多的压力，如果在朋友和恋人面前还要接受教育和承担压力，会喘不过气来。

有幽默感的人、放松的人，更容易让人亲近。

读书人，尤其喜欢哲学思想类的知识分子，通常会走两种极端，不是过于严肃克己，如康德一般对生活自律，就是过于忧郁，有一种悲天悯人的情怀。

其实我很敬佩这样的读书人，他们内心有一个更大的世界。不过凭良心讲，作为这样的人的伴侣，我想并不会是件愉快的事。你的优秀是你的事，我的烦躁却是我的事。

就像霍金固然伟大，可我觉得他的老婆是牺牲很多的。

当然，如果两个都是严肃又喜欢思考的人，真能情投意合聊到一起，也是一件美事。但是恋爱如果总是紧绷着聊一些严肃的话题，两个人每天跟开辩论会一样讨论深刻问题，我觉得气氛也不会太好……

归根结底，只要进入思考，大多数人就很容易变得偏激严肃起来，不然你试试别人想事情的时候去打扰他看看。

所以，我认为有趣比优秀更有魅力。

毕竟优秀只是你个人的经历和成就，而有趣可以让别人也开心。

很多时候人生是很平衡的，你在这方面用功，相对另一方面就弱一些。上帝不会让人活得太痛快，那些著名的喜剧明星大多有抑郁症，那些有名的思想家、哲学家通常都是一辈子单身。

人生总是这样，这边得到得多一些，那边就失去得多一些。所有得到的都是侥幸，失去的才是注定。

有三种人我特别推崇，一种是真的清心寡欲、看淡欲望的出世高人，简单生活，与世无争；一种是雄心壮志、奋斗拼搏的入世者，始终百折不挠笑看失败；还有一种就是活出自我的普通人，也许他们没有别人眼里的所谓成就，但是每天都活得自在满足，让身边的人也感受到温暖和喜悦。

这个世界是多元的，有各种维度去衡量一个生命的价值。优秀是什么？不过是别人眼里的标签，努力留给自己就好，无须处处向别人彰显，别人没义务也没兴趣知道。

就像《蝙蝠侠》中的小丑的口头禅：why so serious（干吗这么严肃呢）？

放下一些偏见与傲慢，你会发现更广阔的世界。

作为一个成年人，不无故给人增添不愉快是基本的品格。

放松点去爱吧，好的感情，需要一份漫不经心的自然。

单身后遗症

一

二十多岁之后，若是单身太久（至少超过一年），很容易患上单身后遗症。就像总是在恋爱的人不适应空窗期，单身久了的人，反而会在潜意识里抗拒恋爱。人的年纪渐长，喜欢上一个人的第一感觉竟往往是烦。既怕错过缘分，又怕打破原有的平静。

往前一步未必是幸福，退后一步却注定是孤独。但若已经习惯了孤独，怎么办？

二

单身到了一定年纪之后，很容易认为爱情没有那么重要，毕竟一个人也这么过来了，并没有感到什么不妥。除开偶尔看到秀恩爱的人被甜一脸外，多数时候觉得自由自在的，其实也很不错，要去花时间适应一个人，反而觉得忧虑。

三

如果之前认真谈过一次恋爱而以分手收尾，就很容易对下一段恋情失去全力以赴的信心。再喜欢一个人，仿佛也少了一些什么。你不会再像之前那样容易喜悦和激动，患得患失，计较细节，更关心的反而是两个人能否稳定安全地走下去。

四

听到对方说“我爱你”三个字会莫名觉得恍惚，仿佛和自己没关系。更不愿意去回答别人爱不爱他（她）这种鬼问题。

五

越是单身久的人，越不容易妥协。如果这么容易说服自己，何必非要等一个未知的所谓良人。很多时候，根本就不是在等所谓的真命天子或天女，只是发自真心地觉得，现在的生活状态啊，真舒服。

六

见过的分分合合、出轨劈腿多了，会越发对感情这种东西感到疑惑和不确定，会觉得男人和女人本质上的人性都是一样的，喜新厌旧、移情别恋，根本没有所谓永恒不变的真爱，电视剧里都是骗人的。

七

出现一些不错的异性朋友，偶尔也会有想靠近和追求对方的冲动，然而仔细一想，似乎那种喜欢也还上升不到非此人不可的程度。几番交流与试探之后，稍有不顺心，就会压抑心中的冲动，悄然放手。比起喜欢别人，更希望被别人喜欢，感觉更踏实一些。

八

会有一些不为人知的癖好或习惯，会去一些一个人用餐也不会尴尬的餐馆，常常会有养宠物的念头或者已经养了宠物。

九

如果之前一直没有谈过恋爱，容易对恋爱产生不切实际的想象，真实的世界越不堪，对虚幻的文艺世界就会越向往，对身边可能出现的对象，越发挑剔与不满。一个单身过久的人，身上会产生某种气场，叫作生人勿近，非诚勿扰。

十

孤独的时候，更加觉得亲人与朋友的可贵。开始知道人与人之间要保持一种距离，才能更长久。爱情不是生命的全部，单身也可以过得很满足。尽人事，知天命。

缘来，我幸；不来，我命。

因为他输不起

我要一所大房子 有很大的落地窗户 阳光洒在地板上 也温暖了我的被子

——孙燕姿《完美的一天》

这是一个俗套，甚至有些狗血的爱情故事，有背叛，有失望，有所谓败给现实，也许看完不会那么舒畅……

没关系，如果你现在的感情美满，并对未来充满信心，不相信有些人怎么会这么轻易地背叛爱情与真心，那么你是幸运的，我也衷心祝福你一直不会遇到人生的坎坷与意外。

但这些并不是我说的重点，我只想说，这些年，我看了这么多分分合合、聚散离别的感情戏，逐渐明白：原来爱情从来都不是理所当然的事。

在这个世界上，其实没有谁能真正拥有一个人，我不属于任何人，也没有任何人能真正属于我。

我们都不应该孤单，都应该努力去守护爱，但我们都应该明白，失去与无常，才是人生的常态。

就像耶稣在登山宝训中说的：“不要叫我们遇到试探。”

因为我们以为的坚定，其实并没有想象的那么伟岸。

我很希望这是个小说，可惜这样的故事，在我的身边从来都不缺少素材。

不得不感慨，能和自己心爱的人携手一生，需要多大的勇气和运气。

一

朋友的婚礼上，一桌互相陌生的人坐在一起，气氛颇为僵冷。

某个年轻男人想调节气氛，主动发起了话题：

“哎，你们知道那个程磊吗？年纪轻轻白手起家，没几年就已经飞黄腾达、身价不菲，据说今年已经移民澳洲，真是厉害啊，你们说他是怎么做到的？”他可能觉得程磊也算名人了，以为大家都会发表几句看法。

酒席上认识程磊的人不由得神色各异，也都不约而同地偷偷望着一个方向。他们看的人，是吴松和他的妻子。两人只是面无表情，沉默不语。于是有知情人向说话者使了个眼色，接着众人打着哈哈就把话题转移了。

倘若说起来，这将是一个多么尴尬的故事，尤其是当事人就在现场。

吴松和程磊，本是大学最好的兄弟，而吴松现在的妻子小竹，曾是程磊最爱的女朋友。

光听关系就觉得狗血，若是知道其中的缘由，那更是让人觉得造化弄人，令人唏嘘不已。

他们的故事，我一路看在眼里，却始终不曾动笔。

理由很简单，负能量，太俗套。

婚礼之后的一天，小竹突然给我发微信，希望我能写写他们的故事。

我问为何。

她说："我想听听你的分析，这一切到底错在哪里。"

"为什么一定要分对错呢？"我问她。

"也许……我只是不甘心……"她过了很久才回复。

唉，哪有这么容易放下与释怀的感情……

于是我陷入了很长很长的沉思与回忆之中。

二

小竹见到程磊的第一眼，就想起了张爱玲写给胡兰成的那句话：见了他，她变得很低很低，低到尘埃里，但她心里是欢喜的，从尘埃里开出花来。

她真的产生了一种俗气的错觉，似乎上辈子就喜欢过他，心跳得像个小马达。当时，未来很远，天空很高，程磊穿着白色背心打篮球，散发着一身雄性荷尔蒙。吴松追了小竹一年，被小竹婉拒了一年，都没有此刻绝望。从小竹看程磊的眼神里，他看到自己变成了一粒尘埃，彻底出局。

最终，竟是吴松撮合他们两人在一起的，这样奇妙的三人组，开始形影不离。

三

工作第三年，三人拉开了距离。

吴松平平淡淡，按部就班；小竹专业出色，备受垂青；而拥有天生枭雄气概的程磊，开始了创业。

程磊叫了吴松，吴松二话不说就加入了创业队伍。小竹也想一起干，程磊没答应。程磊说："我这是在冒险，你现在做得比谁都好，先稳着点干，等有模样了再来也不迟，说不定还需要你在大公司帮忙呢！”

创业刚开始时忙得没日没夜，可是收效甚微，程磊日渐憔悴。心疼不已的小竹毅然抛弃了大公司的坦荡前程，给程磊洗衣做饭，随程磊四处征战，三人逐渐闯出了一片小天地。

当事业逐渐稳定后，程磊总算想起了结婚这档事。

在一起已经七八年了，一开始小竹父母是坚决反对小竹跟程磊在一起的。因为在他们眼里，程磊就是个典型的凤凰男，老家在农村，还有一个弟弟、一个妹妹，将来指不定有多少麻烦事。

不过小竹一直很坚定，程磊也很努力，渐渐地，二老也慢慢改变了心意。

可这恋爱谈得有点长，小竹父母开始急了。小竹眼看都要奔三了，再不结婚就迟了。

所幸二人这几年也算存下点买房钱，既然父母催了，就顺着老人意思吧，终于选好了日子，两人憧憬着美好的未来。

可往往世事就是如此奇怪，凡事越期待，结果也就越浑蛋。

四

就在一切看似顺利起来的时候，往往就是危机迫不及待出笼的前兆。那年，程磊老家的亲弟弟开黑车撞死了人，老母亲惊惶之下摔伤了身子中了风。

程磊东凑西借，帮弟弟赔了一大笔钱，为老母亲治病又花了所剩不多的积蓄。体贴的小竹想把买房的钱给程磊母亲治病，不过程磊说啥也不同意，说不能再拖累她了。

这事算是暂时过去了，可程磊手头的流动资金也所剩无几了。

上帝似乎总是不介意在倒霉的人身上开连庄。

在这接二连三的悲剧之后，程磊的事业也出现了最大的转折点。公司持续赤字，但只要顺利接下某个大客户的生意，他的人生一下就能反败为胜。如果因为资金周转的问题放弃了这个机会，那么接下来只有等待倒闭，连员工的工资都可能开不出来。

成败从未如此清晰，只待程磊自己决定何去何从。

而这所有的问题，都指向了一个核心——钱。

就是那么现实，任何真挚的感情、伟大的友谊，在“钱”

面前，都无处遁形。

那些曾经夸下海口的“好兄弟”，此时都消失不见。人情冷暖，饮者自知。唯有吴松和小竹，始终站在他这边。

吴松家里也不宽裕，咬咬牙拿出积蓄，但也只是杯水车薪。而小竹更是愿意把买房的钱拿来解决程磊的困难，实在不行，想办法再向家里借借看吧。

程磊很感动，但他也很清醒，他知道这些钱解决不了根本问题，而且很可能因为后续资金不到位，工程做不好或中断，最终人财两空。巨大的机遇，往往也是巨大的陷阱。

时间紧迫，单子不会等人。程磊几乎被逼入了绝境。

正当他陷入两难境地，除了背水一战似乎再无明路之时，一位贵人横空出世。

王姐是个女强人，事业做得很成功，与程磊有合作关系。

我不知道他们之间是否发生过什么，不过从后来的故事推测，王姐喜欢他应该也有些时日了。

之后，程磊神奇地拿到了资金，也顺利地签下了合同。

然后，他提出和小竹分手。

五

小竹不敢相信自己的耳朵。

她从来没怀疑过程磊和她走下去的决心。震惊过度，她反而笑了："难道今天是愚人节？"

程磊又严肃地说了一遍。

"为什么？"小竹觉得自己快崩溃了。

"我配不上你，我没有信心能给你幸福。"程磊说得很艰难。

以前，就算程磊说最脏的脏话，小竹都没反感过，而这句话着实让小竹恶心。

"到底是为什么？！"小竹几乎是咆哮地问。

"对不起……我爱上别人了……"

"你骗人！"

小竹狠狠地盯着程磊，一向硬气的程磊竟然扑通瘫倒在地。

"因为我已经输不起了……我不想公司倒闭，我不想欠一身债被人看不起，我不想家里人再过苦日子，更不想你跟着我住狭小的房子洗衣做饭，每天每夜被你的父母抱怨你嫁错了人。如果可以，我也想当个英雄保护所有人，让每个人都满意，可是我做不到啊！我什么都输不起，我什么都输不起啊！"

小竹算是明白了怎么回事，冷笑道：“所以你选择了输掉我，是吗？”

程磊不敢看小竹的眼睛，垂着脑袋，半天吐出三个字：“对不起。”

小竹将手高高举起，恨不得狠狠给他一巴掌。可是，她发现自己已经一点力气都没有了。

好累，真的好累。

“我祝你飞黄腾达。”留下最后一句话，小竹逃亡似的离开。

这是她生命中，最冷的一天。

六

声名鹊起。

众叛亲离。

这是那一年程磊的生活缩影。

吴松狠狠地揍了程磊一顿，高大的程磊没有还手，任由他拳打脚踢。

随后，吴松跳槽到了对手的公司。

而小竹，再也没有出现在程磊眼前。

据说她去旅行了，而出租房里的一切，她都没有拿走。

程磊默默打包，快递到小竹家里。只留下一些照片，偷偷贴在了一家常去的咖啡店。

之后，程磊离开了这座城市，去了另一座大城市，开始了更大的创业。

第二年，他跟王姐结婚了。

我忽然想起认识的一个女人，跟明知道不爱自己的意中人结婚了。我问她，这样真的好吗？她是这样回答我的：

"我不要求他爱我，这样显得太贪心。我只希望我爱的人能和我在一起，因为我相信，爱是可以培养的。"

也许，那个王姐也是这么想的吧。

如果生活是一场赌博，很多时候，有些人连下注的资格也没有。

连想输都输不起。

因为更多时候，上天其实根本没有给我们选择的余地。

选择不了为谁动心，选择不了和谁相遇，也选择不了散场的时候，该用什么样的心情。

我唯一清楚的就是，任何选择都有代价。至于代价是什么，也只有做出选择的人自己知道。

七

就在程磊结婚后不久，小竹在深夜接到一个陌生号码打来的电话。

接听前，她就隐隐猜到会是他。

他在电话里哽咽着说：“你现在还好吗？”

小竹冷冷道：“好或不好，都与你无关。”

“你恨我吗？”电话那边，每一个字都如此艰难。

“我为什么要去恨一个陌生人？”小竹的声音只有冰冷。

许久的沉默，接着是崩溃的哭声，像条丧家犬在深夜哀号。

小竹握紧了电话，努力让自己不哭泣。

“我现在赚钱了，只要你愿意，我想在金钱上补偿你，可以吗？”

“我不要钱，我只要你欠我，一辈子都欠我！”

说完，小竹决绝地挂了电话，拔出了卡，第二天就换了号码。

后来，似乎很顺理成章地，小竹和吴松在一起了。

去年，小竹和吴松去看《中国合伙人》。剧中的三个好兄弟最终分道扬镳时，佟大为说道：“千万别跟好朋友合伙开公司。”

黑暗中的吴松一边狠狠点头，一边狠狠流泪。

后来的后来，连唯一存有回忆的那家咖啡店也因经营不善从人间消失。

就这么消失了，好像从来都不曾存在一般，这个世界依然人来人往，日新月异。

最近一次得知程磊的消息，是今年年初聚会，一个朋友在翻朋友圈，啧啧感叹。我好奇地问他，他把手机递给我，感慨道：“你看，人家这才叫生活啊！”

那是程磊朋友圈今年发的第一张照片，也是唯一一张照片。

照片中的澳洲新家，坐落于辽阔长空下。远山近水白云似画，还有一条金毛伏卧落地窗前，犹如电脑桌面一般的美丽画面，确实令人向往。

我却蓦地想起，小竹曾经在日志上写过的一段话：

他问我，我的梦想是什么。我就笑着说，我梦想有个大房子，坐落于风景如画的田原，院子里有一条金毛睡懒觉，阳光洒在落地窗上，你和我牵着手一起慢慢老去。他就笑着看着我，没有说话。

可是我又想这个梦想太贪心，老天爷会不高兴的。那这样吧，我重新对他说：

“前面的通通不算，我只要最后一句，你和我牵着手一起慢慢老去……”

习惯与损伤

几年前在一家公司上班，发现坐在我对面的姑娘有个习惯，每天早上都会带一份戚风蛋糕和焦糖布丁来上班。起先我以为是早餐，不以为意，后来注意到她其实很少在早上吃，通常都会放在公司食堂的冰箱里。偶尔午休的时候，会戴着耳麦听着歌，一口口吃着布丁和蛋糕，脸上洋溢着安静而幸福的表情。

有一次，我起得太晚出门太急，忘了买早餐，工作的时候嘟囔了一句“肚子好饿”。不久姑娘从冰箱里取了戚风蛋糕和布丁递给我：“不介意的话，垫垫肚子吧。”

我很感激，连忙道谢。咬了一口下去，也许是太饿的缘故，也许是带有人情温暖的缘故，我竟觉得出奇地好吃。我不是一个喜欢吃甜点的人，吃饭喜欢多放盐和酱油，早饭一般都是咸豆浆或豆腐脑，大饼也是吃咸的。这种戚风蛋糕，我还真是第一次吃。

“好吃！”我竖起大拇指，她笑笑。

“话说，你为什么每天都买这两样呢？”我顺势问道。

她说，她刚参加工作实习的时候，租的地方离公司挺远，有时候会来不及买早餐。一个下雨天，早上来例假，又没吃早餐，来到公司肚子饿得咕咕叫。这时，另一个实习的男生递过来一盒蛋糕和布丁，羞涩地说“你吃吧，我吃过了”，说完就走了。那天所有的难受与心酸，都因为这两样小小的甜点而雨过天晴。

“哇哦，好温馨的故事哦，那后来呢，后来呢？”我的八卦之心熊熊燃起。

“后来，我们就在一起了。”姑娘又娇羞又愉快地回答，“他说，为了纪念让我们在一起的功臣，就每天都给我买一份戚风蛋糕和焦糖布丁，让我充满爱地过每一天。”

“哎哟，好浪漫哦，但也好肉麻呀。”我笑笑，她笑笑，公司的其他人也微笑着，为热恋中的小情侣感到开心。

大概半年之后的某天，我发现那姑娘突然没有带蛋糕和布丁来上班了。我没有问，心想只是偶尔忘记罢了。然而从那之后，她就再也没有带过那两样东西了。看着她日渐消沉的脸色，我隐隐预感到，可能发生了不好的事。

之后不到一个月，姑娘离职了，走得很突然，也没跟大家打招呼，像是逃离一般，从这个城市跑到了上海。

我不知道发生了什么，却又隐隐感觉到，发生了什么。

后来的后来，我也离开了公司，搬了家。新家的附近有家蛋糕店，偶尔路过的时候，我也会买点戚风蛋糕和布丁，依然会觉得很好吃，只是有时候也会想起她，不知她现在过得怎样。

“失恋的人不要看《重庆森林》，但不是失恋的人又怎么能看得懂《重庆森林》。我们也许没有在一个晚上吃过三十罐凤梨或者榴莲，但我想，我们的胃都曾经在某个夜晚抽搐过，好像装下了不止三十罐罐头。我们也许没有对着毛巾或者肥皂自言自语过，但如果那个夜晚肥皂和毛巾也能明白我们的言语，我想我们会和它们促膝长谈的。孤独到了深处，孤独就成了盔甲。”

爱上一个人，总是让我们不知不觉中多了一些不经意的习惯。

有个女孩因为前任喜欢看球赛，经常在笔记本上记录球赛直播的时间，定好闹钟，即使半夜很困也要陪着男友一起看。

分开以后的某天深夜，提前设好的闹钟又准时响起，她迷迷糊糊地看了一下，习惯性地想叫身边的人起床，却发觉身边早已无人，霎时把自己裹在被子里泪如雨下……

有个话痨又愤青的中年商人，每次闲聊总是滔滔不绝，但每逢窗外下起雨时，总是突然静默下来，望着雨滴发愣出神。他说，以前有个女朋友跟他约定：“你话太多了，下雨的时候能不能闭嘴，不然我坚决不嫁给你。”

男人守约了，不过女人最终还是没跟他走进婚姻。

还有太多太多不经意的习惯，看似不以为然，却都是曾经出现的某个人，带给我们的生命烙印。

习惯一个人是一个很自然的过程。对方的喜好厌恶、喜怒哀乐，都在不知不觉的相处中映入脑海。

当失去一个人的时候，我们才意识到那些习以为常的事情，同时也隐藏着伤害。

一段恋爱破碎后，最累的就是要丢弃一些已经成为本能的习惯，要重新习惯一个人，真的很累。

又要装着没事人一样，重新去感动，重新去熟悉，重新去了解，重新去配合，然而我们也清楚，也许这些重新养成的新习惯，在某一天之后，又变成了生活的鸡肋。

习惯永远带着损伤，将我们打磨成一个个不同的模样，去应对新的生活模型。

爱越来越少，心也越来越冷。短暂的欢愉过后，是对天长地久不屑一顾的唾弃。

一场电影过后，身边又是新的陌生人。

我们吃饭，我们拥抱，我们接吻，我们微笑。

不再渴望炽烈的付出与激情，不再相信不变的良人与爱情，唯有一点并不奢侈的希冀：

爱我少一点，爱我慢一点，爱我轻一点，爱我久一点。

让我在习惯与你在一起的平凡日常中，一不小心携手老去。

足矣。

爱情不是生命的全部，单身也可以过得很满足。

尽人事，知天命。

缘来，我幸；不来，我命。

七种孤独

人类的文明，是一个群居的文明。从部落到宗族，从乡村到城市，越是热闹繁华的地方，似乎也越昭显其文明的先进。

我们天生就害怕孤独，因为孤独会让生存变得困难。这个社会衡量一个成功人士的主要指标之一，就是人脉。

一个没有任何亲朋好友的人，要么是个超凡脱俗的出世者，要么就是个凄凉悲惨的流浪汉。

就像亚里士多德所说：离群索居者，不是野兽，就是神灵。

每个人都会孤独。

孤独却因人而异、不尽相同。

当两个孤独的人走在一起时，却发现彼此读不懂对方的孤独，于是他们更孤独了。

我们的社会变得日渐便利与繁华，但人的内心却愈加难以感到平静与充实。

走在熙熙攘攘的街头，或者人烟稀少的荒郊，孤独像是空气，无色无味，如影随形，突如其来，给你一击。

孤独本身也千差万别。每个人对孤独的理解和感受不尽相同，下面讲讲我观察到的七种孤独。

第一种孤独：害怕一个人待着。

当我们还是小孩的时候，我们害怕一个人待在家里，害怕一个人睡觉，总觉得床底下或衣柜里潜藏了什么妖魔鬼怪要害我们。

如果爸妈经常不在家，会不由得产生一种被抛弃的无助与孤独感。

生命的最初阶段，我们总是对一切都好奇，都不太喜欢冷冷清清的幽静，而喜欢欢天喜地的热闹。

有人陪伴比独处好，有人说话比沉默好，有人关心和疼爱，才觉得自己的存在有了价值与意义。

也有很多人，即使长大成人，甚至有了自己的孩子之后，依然会害怕一个人待着。

当然你也可以说，这不是孤独，是寂寞。孤独的本质，就是对自身存在疑惑与不安。而寂寞只是孤独最常见的一种状态。

总之，请不要，让我，一个人。

第二种孤独：离别后的孤独。

于是我们逐渐成长，开始学会独自睡觉，独自上学，觉得一个人做很多事，也不会感到害怕。

我们开始有同学，有朋友，有许多充满欢乐的放学时光。一起踢球，一起做作业、喝汽水、买零食、打游戏，直到天渐渐暗下来，我们说着再见，各自回家。

当朋友们纷纷离去的时候，也会莫名感到一阵失落，不过很快我们就会习惯，以为离别就像日出日落，总能再次相逢。

后来，我们发现，好朋友之间会变淡，慢慢不再亲近，你的死党也可能会突然转学，随后失去联系。同学们会因为中考、高考各奔东西，除了同学会再难碰面。除了父母始终是你的父母，你生命中遇到的许多喜欢的人，都可能在不经意间如水入海，再无踪迹。

渐渐地你终于发现，原来许多真正的离别，都是不说再见的。

第三种孤独：荷尔蒙的孤独。

当青春期如期而至，我们开始感受到荷尔蒙带来的种种骚动。当我们切实感受到自己身体中萌动的性欲时，开始对异性的身体有了憧憬与好奇，我们也开始迈入成人的世界。

男孩子们开始变得热血与好斗，女孩子们开始注重穿衣与打扮。在性吸引的战场上，我们开始无师自通，独自摸索。

荷尔蒙的刺激，就像是我们基因中设定的程序，怂恿着我们和另一个人结合，在灵与肉的碰撞中，完成生命的大和谐，延续我们这个种族的发展。

然而，我们的性欲总是受到种种压抑与限制。也许是道德与传统，也许是我们的容貌与身材不佳，或过于臃肿肥胖，或显得瘦弱纤细，当站在喜欢的人面前时，难免自惭形秽，将荷尔蒙带来的冲动，深深埋在心底，不敢表达。

更多平凡的人，注定牵不到自己最喜欢的人的手，得不到最想得到的爱，于是在庸庸碌碌中，埋藏了青春的悸动与忐忑，放飞了对爱情的憧憬与想象，然后将其化作一股股存活于偶像意淫中的荷尔蒙的孤独。

第四种孤独：演员的孤独。

有一类人，很早就隐约摸到了这个世界的一些规律，意识到得到别人的认可才能让自己活得更好。他们或勤奋努力，或乖巧可人，通过别人欣赏的目光，进一步定位自己的角色。

他们最在乎的，就是别人的眼光。因为他们都是演员，所以观众说好才是好。

妈妈说当公务员，那就去考呗；爸爸说相亲的男生不错，那就结婚吧……

就算被安排好的生活不幸福，一旦想着不要让朋友们看笑话，还是继续露出笑脸装作很幸福的样子。

他们相信，每个人在这个世界上，都有注定的角色。谁演主角，谁演配角，都有安排。人最重要的是认真演绎自己的角色，不让别人失望。

他们可能是别人家的孩子，可能是别人羡慕的生活模板，也可能只是一个按时结婚生子的普通人，朝九晚五，规律生活，无甚特别。

他们最大的孤独是丧失了自我，成了外向的孤独患者。

因为内心总有个声音无法认同自己的表演，来自观众的掌声成了最后的稻草。当剧场落幕、人去楼空，落寞的演员独自回到后台时，才发现早已无人守候。

因为很早就认命，他们认为与其追求虚无缥缈的人生意义，不如按照剧本演好自己的角色。

演得太好了，最后连自己也分不清自己到底想要什么，于是就只能这么演下去。

只是当一切都波澜不惊，如同命运这个导演已经忘记了你的存在时，他们才开始发现，原来别人的眼光真的没那么重要。

当你终于想做自己生命的导演时，可能舞台的灯光早已熄灭。

第五种孤独：理想主义者的孤独。

每个时代都不缺理想主义者，他们总是认为现实像个恶龙，需要他们这样的勇士去与之搏斗、厮杀、征服。

事实上，现代社会有许多了不起的进步与发展，都离不开理想主义者的奋斗。

如果人人都是现实主义者，投机取巧，自私自利，那么世界不过是一次又一次地轮回，毫无进步。

人类文明伟大的地方不在于你争我夺、尔虞我诈，地球上的畜生都擅长彼此厮杀。正是因为一帮看似奇怪的人创造了诗歌，付出了爱，追求着远方的梦想，才让这个地球不是一味地冰冷与残酷。

真正的理想主义者，他们充实而孤独，因为他们追求的远方，永远在路上。

第六种孤独：孤独症患者。

他们的心，在成长的过程中，搭建了一座看不见的城堡，把自己困在其中。他们决意将自己与世界隔开，因为他们觉得城堡外的这个世界，太难面对。

无论跟谁在一起，他们都觉得自己像是另一种人，所有频率都对不上，所有交流都成了噪音。

抑郁、焦虑、自闭、精神分裂，种种无形的自我折磨让他们好像生活在另一个星球上，孤独而荒凉。

第七种孤独：高处的孤独。

常言高处不胜寒，人若飞得太高，成了超越时代的智者或强者，就注定没有朋友。

飞得越低，就越和世人在一起；飞得越高，越明白孤独才是宿命。

当独孤求败天下无敌之后，才发现没有对手原来也是一件痛苦的事。

如果一个人的能力超出周围的人太多，他就成了另一个世界上的人。

最孤独的人，孤独已经成了他的呼吸与养料。

人，真的很脆弱

一

去年夏天，我在山中寺庙住了一周。那寺庙很清静，几乎少有人来。

寺庙的山下有一座报恩堂，那是用来存放骨灰牌位以及和尚们念经超度的地方。

某天早上，我去山下晨跑，看到一群开着高级轿车、穿着黑色正装的人出现在报恩堂。

看那阵势，真像是电影中的场面，来的这些人衣着合身，非富即贵，个个神情肃穆哀伤。为首的一位中年男子搂着一位神情悲伤的秀丽女子，在某师兄的指引下走入报恩堂。不用说，他们是来做法事的。

傍晚吃完饭，照例和师兄一起环绕大雄宝殿散步，我还没问，师兄就开始感慨了。

“人生的福报真是有定数啊，一饮一啄，莫非前定。”

“你是说今天来报恩堂的那家人吧？”

“是啊，这家人事业做得大，善事也做得多，夫妻美满，家庭幸福。家里有个女儿，从小聪慧过人，知书达理，长得也非常好看，才十来岁已是琴棋书画样样拿手，尤其弹得一手好钢琴，非常让人喜欢。谁料一不小心从楼梯上踏空，就没了……唉，这么好的小女孩，可惜了，白发人送黑发人，可怜。”

“这样的事每天都有吗？”我问师兄。

“很多，来报恩堂的人，通常少有寿终正寝的，看多了人世的无常，更觉得抓紧修行的可贵。阿弥陀佛。”

我也不禁唏嘘，顿时想起许多往事。

在我并不长的人生中，已经多次经历身边的人乍然离世，有亲人，有朋友，也有熟悉的陌生人，甚至也有过一时想不开的人，在我面前骤然跳江……

最早的一次记忆是奶奶去世的时候。那天凌晨，大人们手忙脚乱，喊天叫地。我仍在半睡半醒中，根本意识不到发生了什么，只是觉得他们很吵。当父母把我抱到奶奶不再变化的睡颜前让我喊声“奶奶，你安心去吧”的时候，我还在挣扎着要回去睡觉……

那个时候，我还不知道死亡的分量。

当我们精力旺盛，对人生充满希望的时候，从来不觉得死亡离自己很近。然而，就像有光的地方就必然有阴影，从我们出生的那一刻起，死亡的阴影就不曾远离。

“人，其实真的很脆弱。”师兄轻轻感叹，便不再说话。

二

人生天地之间，若白驹之过隙，忽然而已。

——《庄子·知北游》

高二的时候，班上一个很受欢迎的男生突发心脏病离世，大家都非常难过。

一年前几个老同学聚会，突然有人提起了他，说：“他叫什么名字来着？”大家愣了一下，沉默了很久，也没有人想起来。

我清楚地记得，他当年坐在我左边，我们经常一起打球闲聊。但任我怎么想，都想不起他长什么样。

人死了，就像水消失在水中。

——博尔赫斯

不再有人记得你，就好像你从未出现过一样。这可能是绝大多数人一生最后的归宿。

真的不用觉得自己独一无二，除了一张皮囊加一些胡思乱想，人与人本质上有啥不同？

可能地球上真的有太多人了，任何人的离开都不会那么无可取代。一个人的快乐与悲伤，对于另一个无关之人，就像隔了一条黄河那么模糊。

一个人的消失可以很微渺，另一个人的遗忘也可以轻如鸿毛。

人，其实真的很渺小。那些觉得自己无比重要的人，真的很可笑。

三

有位聊过几次的插画师，曾经有过特别抑郁的人生阶段，她说她好不容易走了出来，开始拥抱新的生活，然而这些年，常常听到曾经的伙伴自杀的消息。

她跟她的父亲说起，她父亲很不理解地说："我们年轻的时候大家都那么穷、那么苦，什么都没有，有今天没明天的，可是大家从来没想过轻生。现在人们有钱了，社会繁荣了，到处都充满机遇，只要努力就能把握，为什么年轻人却常常说活着没意思，不顾一切地去自杀呢？说到底，还是你们这一代人太脆弱了。”

她一下无言以对，可是又觉得父亲说得也不对，于是她跑来问我：“是啊，跟上一代人比起来，其实我们这一代人也没有那么多痛苦和磨难，但为什么我们总感到无聊和绝望，对生活的承受能力这么差呢？”

“我想，是我们这一代人的内心变得更加敏感了。越敏感，越脆弱。”

以前的人，生活的范围很小，精神世界也很小，他们的一生，思想在很早的时候就被禁锢却不自知。一生的目标，说穿了无非追求名利，出人头地，或者把一门手艺学好，以此为生，结婚生子传宗接代，稳稳当当过一生。

就像那句俗语说的，龙生龙凤生凤，老鼠的儿子会打洞。人在出生的时候，命运已经定了一大半。

当人生活的目标明确一致，对生命的价值判断单一时，生活中的苦难就变得容易接受。只要你勤劳勇敢，只要你按照大家的期望去做事做人，在精神上并不会有太大的负担。一辈子比较来比较去的，也就身边那些人，心理上不会有太大的落差。

然而如今这个世界，因为互联网和传媒而变得前所未有地嘈杂。

每天都有太多的声音、太多的信息展示在眼前，不停地告诉你什么是多姿多彩的生活。

你打开手机和电视，似乎就能随时关注这个世界的一切动态，看到明星、富豪、名媛光彩靓丽的世界，看到能人异士各展奇才获得自己的成就与掌声，看到许许多多令你梦寐以求的人生图景，以及让人自叹弗如的精英和美人们无处不在地吸引着眼球。

“大家都活得好精彩啊，好像只有我……只有我一无所有，什么都做不好……我真的好没用……”

回首自己的生活，被一股股平静缓慢的绝望气氛笼罩着，很早就厌倦一切的你，从来没有畅快地笑过，也从来没有痛快地哭过。你没有彻底释放愤怒，也从来没有撕心裂肺地去爱去恨，你好像没有彻底地做过一件事。

你不知道自己适合做什么，能做什么，该做什么，甚至连想做什么都没有好好想过。即使你偶尔做了一件还算喜欢的事，看到自己始终不如别人做得好，也很快快快放弃。

人家爱，人家奋斗，人家努力，人家痛哭，人家的世界可以有一万种可能，当然会精彩。而你呢，像个看客，捧着爆米花看呀看呀，吐吐槽说说笑，直到渐渐厌倦这种生活，却也失去了离开观众席参演自己人生剧目的动力与勇气。

这就是许多人为什么不自在的原因，因为你的脑海里永远都是外面的世界，永远装满了别人的生活与观念，却从来没有为自己活过。你的热情也是有限的，当你过于关注外面的声音时，那么你自己内心的声音、你的热情、你的勇气、你的自我，都逐渐被蒙上了灰，你从来都不是自己人生的参与者，只是别人生活的旁观者。所以你难以真正地快乐，因为你已经习惯了否定，否定完自己，就开始否定别人。否定完别人，就开始否定生命。

有的人除了擅长否定与颓废，似乎做什么都不合他的口味。

若命运真的无法改变也就罢了，最悲哀的莫过于，上天已经给过你无数重新来过的机会，你却一次一次地失去意志、失去坚持、失去勇气、失去热情，于是又回到了原来的生活状态。这下都没脸怨天尤人了。

当然，还有一类人确实是因为精神疾病，比如抑郁、精神分裂等，无力改变命运，实属无奈，在此不作讨论。只希望我国的心理医疗行业能越来越专业和靠谱，给这些人新生的希望。

希望之所以可贵，在于它总是信者得爱。当你失去对希望的信念时，一切才真的完结了。

当我们足够热情、足够勇敢、足够坚定时，希望总是不吝与我们靠得更近一些。

有些人毕生追求的却是有些人与生俱来的。在生命完结的时候，有些人得到了他所毕生追求的，而有些人却失去了他与生俱来的。

——鲁迅

情深不寿，过慧易折。心，很多时候，真的需要一些钝感的保护。

既然已经活着了，能给这个世界留点好的就留点好的吧，好歹这样也不算白来一趟。

实在不愿意，那就尽量让自己活得自在痛快些，生命已经够脆弱了，你不珍惜谁珍惜。

天行健，我们还是得自强不息。

希望之所以可贵，在于它总是信者得爱。

当你失去对希望的信念时，一切才真的完结了。

第三章

成年人的世界里没有容易二字

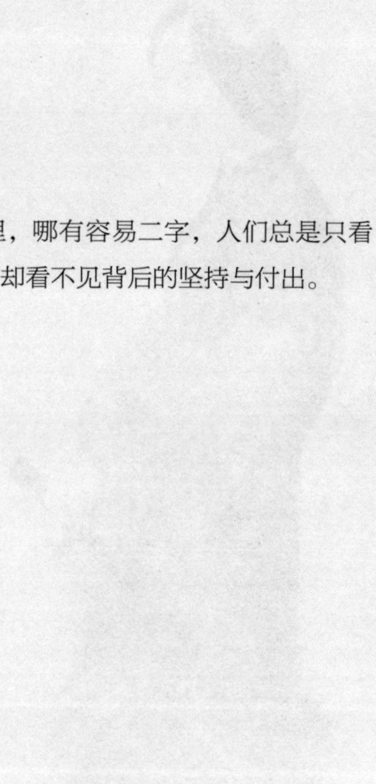

其实成年人的世界里，哪有容易二字，人们总是只看到光鲜靓丽的表面，却看不见背后的坚持与付出。

成年人的世界里没有容易二字

我经常上豆瓣、知乎，总有种错觉，中国人的幸福指数很高。大家的日子都过得很自在满意、文艺理性。

后来想想，这是因为网络社区强化了某种属性，淡化了更多普通人的苦痛纠结的缘故。

我看过一本漫画，里面有两个世界，赢世界和输世界。我想，豆瓣、知乎上那些活得精彩刺激的人生，也许就是一种赢世界吧。

但真实的世界，永远没有容易二字，因为这里每天都有失败发生，说不定下一刻，轮到的就是你我。

其实哪有一个成年人活得轻松的，真以为自己轻松的，一大半都赌博吸毒废掉了，还有一小半在学佛，不管是真心的还是凑热闹。

一无所有的苦B年轻人总有一种错觉，似乎那些好事都让大叔们占了，姑娘们也都越来越喜欢成熟成功的大叔，而对自己的前途一片茫然。似乎大叔们的成功，都是天上掉下来的。

真有机会让你去看看成功者的一天，你就知道为何有的人就是过得比你好了。其实成年人的世界里，哪有容易二字，人们总是只看到光鲜靓丽的表面，却看不见背后的坚持与付出。

前几年，我也对郭敬明不感冒，对网络文学不感冒，对鸡汤文学更是嗤之以鼻。自以为是，却一无所长，没什么坚持的事。

自从自己开始写作之后，我对那些长期保持很高的写作效率和工作强度的人佩服得五体投地。

这也让我学会了在自己没有经历过之前，千万不要去嘲笑那些比你努力的人。因为你不会知道，那到底有多难。

“你知道他有多努力吗？”——不要把这句话当笑话，尤其是在你自己懒得像个笑话的时候。

当然光有努力是远远不够的，人生太复杂，不可能一句话说透所有道理。再说，道理说透了又怎么样，做不做还不是由你自己决定？

以下是我最近在看书过程中总结的一些感悟和笔记，希望能对看到的朋友有所裨益。当然，认可不认可，是你的事；做不做，是我的事。

1. 不要总感觉你好像有无限的时间，对时间的紧迫感是一个人开始理智成熟的标志。

2. 在背后不经意说别人好话，别担心传不到那人耳朵里。坚持一段时间，你就会发现人缘会变好。

3. 如果一件事情看起来好得不像是真的，那么它就一定不是真的，千万不要心存侥幸！

4. 风险越大的事，看起来越热闹美好。

5. 成熟的人只会把时间留给有价值的人，要么有趣，要么有用，当然有时候两者可以统一。

6. 其实很多人内心知道该怎么做，只是不相信自己能做成罢了。为了避免失败，你也避免了开始。

7. 对自己狠的意思不是通宵熬夜、龇牙咧嘴，而是尽量强迫自己做那些明明正确，却没有勇气或脸皮去做的事。

8. 其实在条件允许的情况下，和丑女或美女相处的难度是差不多的，真的，不要以为会过得轻松就选丑女。任何违心的选择，都会让你产生心理隐疾。这只是一个比方，我要说的可不是找对象。

9. 越是能办到一件事，越是不要太快承诺，其实成年人压根儿就不要率性承诺。满口乱答应的人，你看几个做事痛快的？

10. 越是会有成就的人，越是不急躁。因为他们心里有数，人的核心竞争力超过一半来自不紧不慢的事——专业能力、健康的身体，与智者交游以及业余爱好。别相信什么成功只需××天、托福只需一个月！

11. 不同意别人的话时，微笑就好。说赢了你能加工资吗？

12. 杀死一个人最残忍的方式是诛心，给他莫大的希望与信念，然后亲手掐灭它。很多老板擅长此道。

13. 不要相信别人承诺的奖励，谁都不行，包括自己。就当一句表扬听过就算了。

14. 有优秀的人在的聚会，一定要尽可能地参与，优秀者的几句话，就能产生难以预料的影响。跟庸人在一起久了，你就会怀疑自己的价值观。

15. 起点比别人低的，就更要懂得舍得。别人不敢舍弃、不愿意舍弃的，你就更要舍得。比如自尊心，比如睡眠，比如无意义的闲聊。

16. 认真让一个人把话说完，是建立第一好印象的基础。（这点有很多人都做不到，也没有意识到其重要性。）

17. 玩过游戏吧，游戏里没有敌人怎么玩？越是遇到敌人的场合，越是证明你走对了地图和路线。没有敌人，说明你在新手村散步呢！

18. 尊重不是要求出来的，是自己挣来的。在你什么都不是的时候，请不要浪费别人的时间来谈平等。

19. 你去看看，那些天天在网上骂娘骂社会的人，有几个过着干净满意的生活？否定别人永远都是失败者唯一的武器。

人可以不认同，但如果习惯于否定和贬低，生活只会越来越焦虑。

因为你又不是上帝，还想改变别人？管好自己就不错了。

20. 忠于自己欲望的人很有魅力。而伪君子，最让人厌憎。

21. 成熟的男人，钱包里要放个安全套，防患于未然，也是某种自信的表现。就像跳槽前，也是一副在这里要做一辈子的脸。

22. 人要有自知之明，如果你知道自己不会说话，那劳烦你先学会闭嘴。

23. 赚钱的最佳方式就是让别人在某个领域或行业中首先想到的人中有你，所以学会自我营销是非常重要的一点。

24. 真的，闷声发大财，越低调，越幸运。嫉妒可以害死人。

25. 凡事太尽，缘分势必早尽，与人交往要留三分回味、三分神秘，剩下的是真诚与有趣。

26. 在陌生场合，最好的突破口是微笑与善意的赞美。

27. 最吸引人的条件，往往是最危险的隐患，一定要多加防备。

28. 有些学问，其实适用范围很广，不必精通，只需略懂就大有裨益。

比如心理学、写作、时间管理、经济学和理财方面的基础知识等。你对偶像剧和偶像的熟悉程度，不会让你工作得更顺利。

29. 熟练掌握英语是跳脱乌合之众的一大法宝。因为当今世界重要的信息，基本都以英文为主。

30. 没出成绩前，没人对你的抱负感兴趣，能不说就不说，要说也要轻描淡写。

31. 会讲故事的人总是受欢迎。我们要擅长把自己的经历讲成有趣或感人的故事。

32. 相信我，可以一次性完成的事没完成，接下来绝对会带来不好的运势。“拖”这个字跟“衰”其实是绑定的。

33. 男人要想上升一个生活层次，首先就要耐得住寂寞，看得进书，拎得清轻重。注意，我说的是生活层次，不是经济水平，虽然两者往往是一致的。

34. 看完任何文章，都要学会回想以及简单复述一下，而不是说一句“哎哟，不错哦”就关掉了，这其实就是在锻炼自己的总结复述能力以及记忆力。

35. 每个阶段有每个阶段的痛苦，别总觉得你是最惨的，只是你身边的人更会隐藏自己的心事罢了。

36. 没有人帮你是应该的，学会礼貌和感恩，会带来好运气。

37. 在有空以上帝的视角评判别人的生活前，还是多评判评判自己吧。

最后一句，也是最重要的一句：别老指望别人理解你，每个人的经历都是不可复制的，成功更是千奇百怪。

在找到真正的自己之前，所有的建议都值得质疑。

包括我上面的一堆感想。

作为一个写作者，我最大的理想不是告诉你对与错，我又不是上帝。

我只是希望有缘的读者，能够通过我的文字，多一些独立思考与感悟，反观自己与生活。

我们，只是引渡人。

给你一记温柔的耳光。

只是希望大家都能好起来，稳稳地幸福。

人都是怎么变成熟的

我始终相信，这世上的一切都需要付出代价。

我喜欢动漫《钢之炼金术师》中对等价交换的解释。我一直相信，这个宇宙的一切都是能量守恒的，一切都有代价，只是有的无形、有的有形。有的被世人认可，而有的只能独自承受。

而对于单独的个人，有这么一句话：你要想得到你从未得到的东西，就意味着你要用失去你从未失去的东西作为交换。

比如彼得·帕克遭遇蜘蛛咬变异之后，顶多算个蜘蛛人。之所以成为蜘蛛侠，而不是为了自己的利益利用超能力，也正是因为自己放过罪犯，却使得叔父丧命这个意外而产生的自省与成熟。

人要变得成熟，有些答案总是永远正确的。比如多看书，多琢磨，多接触优秀的人，然后思考，坚持。这是永远正确的说法，问题是，为什么真正能做到这些的人这么少？当然，这其中有性格、环境的因素，但依然有不少即使意识到也仍然做不到的人。为什么？因为很多人缺少做这些事情的原动力。

你跟一个胖子说你要减肥了，他也知道要减肥了，可是知道要减肥跟打从心底想去做，隔着一片太平洋的距离。

相反，一个大美女对胖子说，你减肥成功我就跟你在一起，这原动力能让他立刻热血沸腾。

所以我们也是一样，我们听了那么多道理，难道不知道对错？

只是尽管知道有些事是对的，却不知道自己是否需要做这些事，因为很多正确的事并不能使人愉快。更可怕的是，我们害怕即使自己去做了，也没有什么结果。

如今我走到人生十字路口，我知道哪条路是对的，毫无例外，我就知道，但我从不走，为什么？因为他妈的太苦了。

——《闻香识女人》

胃动力不足，可以找吗丁啉。对自我改变的原动力不足，怎么找？

我还是喜欢分享一些故事，因为真实的经历中，有太多值得思考的东西，远胜于直接下结论。

一

小学时期的一个同学，原本是个纨绔子弟，生活安逸而富足，性格很差，喜欢打架。五年级那年暑假，他父亲意外身亡，据说是欠了巨额赌债，一时想不开。后来卖掉房子还债，从此家道中落，他整个人也开始变得沉默寡言，认真读书。

他的转变很突然，几乎是在一夜之间，就像换了一个人，不难想象，在那之后的每个夜晚，他的内心是如何煎熬隐忍。

很多年后，他已经变成了很优秀温和的人。他告诉我，失去父亲之后，他才意识到，自己没有了父亲到底意味着什么。看着哭泣的柔弱母亲，他想，还有母亲需要自己守护，所以必须快速成长，变得坚强、可靠，让母亲放心。

这种例子，很容易走极端，因为一个念想不正，就可能走上邪路。所以故事只是故事，不能当作准则。我讲这个故事，是想表达一个想法：当一个人打从每个毛孔里意识到，他不能依靠其他任何人，不能总把希望寄托在别人身上，只有通过让自己强大才能保护自己和心爱的人的时候，他就开始快速成长了。

二

我的一个恩师跟我讲过他弟弟的事。恩师是青海农村人，小时候家里穷，初中时，弟弟不爱读书，脾气也不好，老想外出打工，跟家里也老闹矛盾。有一个暑假，他在跟家里大吵一架之后，离家出走了。

家里找了三四天，都绝望了。这时候，他回家了。

一个人，两手空空，风尘仆仆，脸色苍白，一声不吭地躲进房间睡觉了。

之后我恩师去跟他谈心，才知道他被人骗去挖煤矿了，结果在半道上被人丢下，所有行李都被抢走了。

而那个地方，是片毫无人烟的荒漠。他一个人凭着感觉走回家，饥肠辘辘，夜晚还担心野兽出没和自己会累死在荒野上。

半夜醒来，盯着漫天繁星，他的心中瞬间无比平静，之前的那些戾气突然一扫而空。他开始思考自己的价值、家人的意义、未来是什么、人生需要怎样度过等问题。虽然说不出个所以然来，但他学会了反省与思考。

后来，我恩师的弟弟就发生了翻天覆地的变化，他开始沉下心来认真看书，去了解外面的世界，真正爱上了读书与思考。

很多年后，他成了一名高中物理老师，这是他不曾料到的。

如果没有那次意外，没有那个安静的夜晚，也许，他就真的游荡在外，成为一个打工的浪子了。

生活就是会开一些不经意的玩笑，让你转个弯，给你使个绊，然后你会拥有不一样的视角。

有些人很幸运地发现了这个规律，有些人一辈子都在无视，然后忆往昔，恨当下，一切都怪罪命运。

我不确定这句话是不是苏格拉底说的：没有经过审视的人生是不值得过的。

一个不懂审视的人，一辈子浑浑噩噩、随波逐流，看似忙碌，看似辛苦，可能从没成熟过。

三

斟酌了一下，还是把自己的经历也放上来吧，正是回顾了自己曾经的经历，颇为感慨人生的变化无常，才会忍不住啰唆几句，也算是再次自我反省吧。

在许多年之前，我曾经非常喜欢一个女生，完全神魂颠倒的那种。但她是个聪明安静的姑娘，嫌我太幼稚、太浮躁，一直没有接受我。当时我以为多读几本晦涩的书，多聊一些高大上的话题，多懂一些历史哲学，女生就会觉得我成熟、有才，殊不知，有这种想法的人才是最幼稚的。

因为我看书的原动力只是为了让女生觉得我成熟，有内涵，但我对看书本身是抗拒的，只是囫囵吞枣，不求甚解。自己看得头晕眼花不说，看完什么都记不住，只能多摘抄些妙词佳句，多去豆瓣看看别人的总结和书评，然后冒充自己研究过了。（不过至少有了这个原动力，我开始接触很多书籍了。）

在一次聊天中，为了在女孩面前显得博学，我又冒充很懂的样子讲些从果壳网看来的科技知识。不料现场有个理科博士，轻描淡写地便把我驳得体无完肤，我恨不得分分钟从人间消失。

后来我就更不想看书了，心想我条件也不差，她爱喜欢不喜欢，干吗非要按照她要求的来。

于是自己开始在外面莺莺燕燕、灯红酒绿，愈加浮躁。

如果那样下去，我只会变成一个越来越让人讨厌的人，说话轻浮，油嘴滑舌，自鸣得意，脑袋空空。

如果，没有那场意外。

在某个荷尔蒙浮躁的深夜，在微博上看到一个中意的女孩发消息说肚子好饿，好想吃夜宵，于是顺势在下面回复："我开车带你去啊。"

兴冲冲地出门，一路疾驰。那天晚上出了一场终生难忘的车祸。

那场车祸的具体过程我不想描述了，但这次意外对我的影响实在巨大，生与死的意义、人生价值、生活的态度等，从各个层面上，让我的人生出现了转折。

之后一个月，我几乎都把自己锁在房间里，除了吃饭、上厕所，再也不想接触任何东西，不想见任何人。

我从开始的沉睡、发呆，到慢慢回忆自己这几年的人生态度、行为处事，觉得羞愧不已。

很奇怪，一下子就觉得自己怎么会像之前那样去生活。我开始翻出许多以前买的却从来不看的书，竟发现自己能够静下心来一一看下去了，而且有些看得热泪盈眶，佩服得五体投地。

其中对我影响最大的书有《六祖坛经》《狂热分子》《罪与罚》，阿兰·德波顿的《爱情笔记》《爱上浪漫》，还有一本我看了好多遍的唯一一本安妮宝贝的书——《莲花》。虽然我对安妮宝贝其他的书不感冒，但《莲花》这本书中有好多句子真的就像一个巴掌打在我的脸上，让我深思警醒。

这些书让我彻底迷上了文字与思考的世界，并且开始真正养成了独处、看书、思考、写作的习惯。

后来我开始不断调整自己，简化自己的生活与人际关系，明确人生的方向和追求，过着一种充实而简单的生活。

整整两年过去了，身边所有朋友，还有父母，都看到了我的变化。我从一个乖戾任性的臭小子变成了现在令人舒服的自己，温和、平静、脚踏实地地做着自己喜欢的事、擅长的事，并且开始学习新技术，认识许多有趣的人，倾听许多特别的经历与故事。我看这个世界的时候，内心也越来越柔软。

这个意外当然不是我期望的，但我至今感激它的发生。如果不是那次车祸，我不敢想象现在的自己会是个怎么样的人。

故事讲完了，我想说，年轻的我们总渴望快速成熟，独当一面。但是，很多事情真的是欲速则不达，没有亲身经历过这个世界的虚无与荒谬、人生的变幻与无常、感情的复杂与细腻，真的很难一下子变成熟，就算有也只是伪装出来的世故。

你要在感情上成熟，不被伤害一两次，沉痛失恋一下，是无法自然成熟的。

纸上得来终觉浅，绝知此事要躬行。老祖宗已经说得很精炼了。

我曾写过一段话：哪有人天生会懂事，只不过见多了恶心的人。

年少的时候，我们对这个世界有太多美好的想象，只有当你亲身参与社会和现实的许多游戏与规则之后，你才能切身体会这个世界的复杂与单纯、有趣与无奈。

《圣经》曰："你们要进窄门。因为引到灭亡，那门是宽的，路是大的，进去的人也多；引到永生，那门是窄的，路是小的，找着的人也少。

其实再多的建议，关键还是看你自己能不能迈出第一步。

我遇到过很多人，跟我说不满现状想改变，但下一句永远是自我辩解，比如谁让我穷，我胖，我没有个好爹，我读书不够多，我运动不行，我没有特长，我喜欢的人不会喜欢我……最恶心的就是明明想改变，还非要昧着良心说我觉得现在这样平平淡淡地生活挺好的，好什么，你有过不平凡吗？

人若要这么坚持自我辩解，我只能为他今后生活中遇到的所有不幸刻上两个大字：活该。

欲望本身不是坏事，想赚钱，想和漂亮优秀的人谈朋友，想要精彩有趣的人生，这都是人之常情。

坏就坏在不敢正视自己的欲望，不愿相信人的可塑性，一次次压抑自己渴望改变的心情。

想改变，就正视自己的心情，大声说出来："我想改变！”这并不丢脸！

帕斯卡尔问：人在无限之中是什么呢？

一个人该如何定义自己、改变自己、发现自己？这是每个人一生中最大的课题。

我喜欢帕斯卡尔的那句回答：人不过是一根苇草，是自然界最脆弱的东西，但他是一根能思想的苇草。

与诸君共勉，有句英语谚语送给彼此——

“The best time to plant a tree was 10 years ago. The second best time is now.”

（种一棵树最好的时机是十年前，其次是现在。）

我特别相信，每个人生命中最重要的事就是不断地自我更新。

如何活得隐秘而自由，我想是喧嚣过后，更重要的课题。

世上本无公道二字，唯有力尔

说到底，人始终是孤独的。痛苦和难过实则只能自己承担，快乐与幸福也只能依靠自己创造。

若论公道，也只有公自己的道。

看过罗永浩锤子手机的发布会，对于手机，我不是很感兴趣，但老罗这个人，确实让我钦佩，无论是其演讲营销能力，还是那种始终不服输的折腾精神。同时我也深深地感到，那个骄傲自信的罗胖子，变得憔悴苍老了许多。

他在之前的发布会说下的豪言壮语、主打的“情怀”，在这一年中受到太多嘲讽与打击。惯有的幽默与自嘲背后，掩饰不住疲惫的神色。

他曾有句名言：彪悍的人生不需要解释。

然而在发布会的尾声，他难得出现了温和柔软的一面，表示大家是真的不容易。

创业这种事，外人看到的是风光，背后的艰难辛酸，以及对未来的不确定，会让人每天都忐忑不安。

我身边有亲戚和朋友在创业，经常在深夜给我打电话，或唉声叹气，或失声痛哭。然而在外人面前，他们始终充满激情，始终乐观向上。

总有许多发不出工资的时候，拿不到项目的时候，公司面临倒闭的时候，产品出问题的时候……

每当电话响起，他们都会皱起眉头，却又随即面带笑容，平和应对。

我以前也会觉得奇怪，这些人本来都有着不错的工作，可以过着安稳舒适的生活，为什么非要这么折腾自己呢？为什么不能知足常乐、享受生活呢？钱是永远赚不完的，到底多少才是够呢？

有一天吃饭，我问了白手起家开了好几家公司的表姐这些问题。

她说："因为生活本来就很艰难啊。你不做点什么去抵抗，只会把这种艰难平添在亲人和孩子身上。如果一个成年人觉得生活很容易，那么这个人其实还只是个孩子，不懂承担责任。

"上一代的人不折腾、不努力，就让我们这一代感受到了世界的不公，我不想再让我的下一代活在各种资源更加不公平的时代。当你的家人生病而你无能为力，当你的孩子想要出国留学而你只能砸锅卖铁时，这种生活更让我绝望。

“如果要吃苦，就让我来吃吧。

“这世道本来就是不公平的，自己又不努力争取，那又能怪谁？”

是啊，活着的许多痛苦，就在于我们时常感到不公。

更多的时候，我们生活在一种平静的绝望中。

无法咆哮、嘶吼、愤怒，只是默默忍受一股股冷泉般的寒冷侵袭。

令我们感到绝望的是，当你逐渐长大、逐渐成熟后，慢慢发现这个世界的本质就是充满了与生俱来的不公、欺骗与奴役。

你会看到有些人就是聪明有天赋，不需多大力气就能掌握大部分知识，该玩玩，该休息休息，而你头悬梁锥刺股，用尽力气去奋斗，却始终看不到金榜题名、出人头地的希望。

还有些人生来美丽俊朗，闪闪发光，让别人自惭形秽。她们总是人群的中心，轻易就能获得别人的好感与欢迎，在恋爱和婚姻上有着更多的选择与优势，就连发张自拍，都有无数人点赞。而你的青春无人问津，看着镜子中自己平淡无奇的脸庞，渴望着梦想中的爱情，却又得不到。

还有些人一出生就占据天时地利，不需要多么辛苦就可以过上安稳幸福的生活。而更多的人在大城市勤勤恳恳、摸爬滚打，也不确信自己最终能否在这钢筋水泥的森林里拥有一方天地。

小的时候，我们通常会觉得自己是特别的，而成长的过程就是不断让我们发现自己其实平凡无奇，甚至充满了劣势与不足。

优秀的人毕竟是少数，像我们这些不好看、不聪明也不富裕的年轻人，才是这个国家的大多数，也是人类的大多数。我们所有的努力与挣扎只不过是为了成为一个不那么糟糕的普通人，有个能养活自己的工作，有位还算看得顺眼的恋人，接着继续为了不拉低国家的平均生活水平而努力生存……

然而总会有那么几个万籁俱寂、无法入睡的深夜，心中突然出现一个疲惫的声音质问老天："像我这样的人，在这个世上到底能拥有什么，活着的意义又是什么呢？"

这种扪心自问会让人感到很痛苦，一不小心就可能陷入自我否定的桎梏中画地为牢，难以释怀，积累久了就成了心理疾病，化为焦虑、自卑与抑郁，煎熬挣扎，难以自拔……

生而为人，并不容易。

贫穷之人为了生存而挣扎，常常为了开源节流而放弃许多做人的快乐与尊严；

小康之家常因比较而痛苦，总是因为别人的生活看似比自己好而难以平静；

衣食无忧者追求情爱之乐，荷尔蒙作祟，往往朝三暮四、喜新厌旧，背负一身情债；

大富大贵之人追逐名利，感受了更多的成败坎坷、风云变幻、世态炎凉。

七情六欲爱恨别离，酒色财气胭脂香水，这世上有多少名词，就有多少烦恼与不幸。

若世人真的无忧无虑了，也就没有宗教和心理医生什么事了。

一样东西，如果你太想要，就会把它看得很大，甚至大到成了你的全世界，占据了你的全部心思。我的劝告是，最后无论你是否如愿以偿，都要及时从中跳出来，看清它在整个世界中的真实位置，亦即它在无限时空中的微不足道。这样，你得到了不会忘乎所以，没有得到也不会痛不欲生。

我们总希望别人能理解自己、关心自己。一句真诚的安慰，会让一切好受很多。

悲哀的是，这个世界上的痛苦与快乐，往往并不相通。

你在爱里受了伤，别人只当是幼稚；你在工作中受了委屈，别人只当你玻璃心；你所受的种种痛苦与苦难，在别人嘴里也只是茶余饭后的消遣而已。

有时候我们听到一些善意的鼓励，也总是隔靴挠痒，不冷不淡。

每个人或多或少都有那么一些难言之隐，家家也都总有一本难念的经。

人人都渴望拥有幸福，而幸福永远满足不了所有人。

事实上，一个人有各种各样的缺点是很正常的，缺少志向和毅力也是人之常情，许多人过了大半辈子也没发现自己有什么过人之处。大多数人既不完美也不勤奋，只是希望每一天过得不那么糟糕就已足够了。

如果因为看到有人优秀得发光，就让我们觉得自己的平庸似乎不可饶恕，那么这种痛苦将永无止境。

说到底，人始终是孤独的。

痛苦和难过只能自己承担，快乐与幸福也只能自己创造。

接受那个真实的自我，才是幸福的开始。

幸福的人之所以感到幸福，是因为他们明白：幸福不仅需要努力，更需要极大的幸运。长相，出身，环境，遇到的人，任何一个维度的崩塌，都可能带来极大的不幸。正是因为足够幸运，才能身心健康，才能遇到良师益友，才能牵手爱情。玉汝于成，功不唐捐，也便知足常乐了。

人生无非是一场修行。

我们出生来到这个世上，本就是独一无二的。你可以选择做个好人，说句温暖的话鼓励自己和别人，也可以选择做个坏人，将心中的不满发泄到别人身上。区别无非是让这个世界变得更美好一些或者更阴冷一点。

若说活着的意义，活着本没有意义，太阳几十亿年独自运转，难道是为了温暖太阳系？

地球从古至今多少物种生生死死，难道只有人类最特别？

我们只能自己给自己创造意义，生也罢，死也罢，一旦说服了自己，也就心甘情愿了。

每天让自己变得更好一点，还是更糟糕一点，决定权都掌握在自己手中。无须和任何人比较，每个人都可以成为更好的自己。

人生那么长，谁都有希望创造一份独属于自己的幸福。

我所理解的幸运，是一切刚好配得上付出的努力。

世上本无公道二字，唯有力尔。

人可以拒绝任何东西，但绝对不可以拒绝成熟

三年前，我在一家机械公司做销售，朝九晚五，时不时加班，出差，接待客户，经常喝酒喝得上吐下泻。每天忙碌而迷茫，不知道这样的生活到底是好还是不好。那个时候我经常去酒吧、KTV，打麻将，参加很多聚会，欢歌笑语，也很享受那样的生活。别说写作，书都几乎不看。

有时候觉得很快活，但第二天醒来的时候，常常会觉得人生无趣，活着很累，心累。

似乎心里有什么东西堵着，似乎觉得生活不应该是这样的。但我也想不出，我的生活应该是怎样的，或者可以是怎样的。

那个时候公司有个司机，经常跟我一起出差。我们关系很不错，一开始我以为他起码有三十了，后来才知

道他比我还小一岁，18岁就出来工作了，所以显得老成。

那一年年底，我跟他最后一次出差回来的路上，他笑嘻嘻地告诉我，过完年，他就不做了。

他说，他的理想就是存够钱了和女朋友一起回老家开家小超市，自己开货车去进货，老婆坐在店里上上网，收收钱，没什么客人的时候，就嗑嗑瓜子聊聊天，然后生个小孩，慢慢养大。

现在，他存够钱了，也在老家选好了地址，理想就要实现了，他想明年就跟女朋友回老家结婚。

我看着他，眼神很亮，对未来充满信心，忽然觉得好羡慕。他有自己的人生目标，并且一步步地努力实现它。而我，得过且过，没有为自己的人生好好负过责。

我是个很普通的人，成长在一个普通的家庭，父母对我的期望并不高，我自己也没什么雄心壮志，也从来不觉得自己能有多大成就，甚至还有些懒散，总是觉得事情做得差不多就行了，将来只要钱够用就好，三五好友，有个聊得来的老婆就知足了。日子，只要还过得下去，就不算太差。

我到底想要怎么样的人生？那时候的我也曾想过，却从来没有一个肯定的答案。大概，只要开心就好吧。

也许命运是真的存在的吧。如果没有三年前的那起车祸，我想我现在肯定就是另外一类人了。

跟很多同龄人一样，已经结婚生子，背着房贷、车贷，盼着升职加薪，看客户脸色吃饭，在自己不喜欢的工作岗位上兢兢业业，一年、五年、十年……一辈子也许很快就过去了。

也许，这样的生活有很多无奈，却也会有许多琐碎的愉快，说不上多好，但肯定也不坏。

只是在夜深人静的时候，总会莫名地有一些少了点什么的无聊感慨吧……

2012年年底，我出了一场车祸，所幸身体无大碍，但获得了一种奇妙的经验。我说出来可能很多人都不信，因为实在是匪夷所思，那是一种类似灵魂出窍的体验。

在车祸发生后不久，我晕厥过去了。然后我感到身子轻飘飘地在空中飘浮了一段时间，大概有十几秒吧。我看到了很多真实而虚幻的画面，甚至……看到了自己的身体。（当然，也有可能只是幻觉或梦境，这个我不能肯定。）

那之后，我开始怀疑，也许人真的是有灵魂的。

也让我这个原来的无神论者，开始对很多宗教和哲学感兴趣。

从那之后，我开始不再关注很多物质方面的东西。以前很注重穿着打扮，虚荣浮躁，从那以后，渐渐爱上了读书与思考。

我自问没有什么写作天赋，只是那段时间苦闷，看了很多书，渐渐也开始写了很多感悟。最初在网上写日记的时候，我没想到，会有越来越多的人喜欢看我写的东西。

我想，我的文字并没有什么技巧，如果真的有什么可取之处的话，应该是我在写作的过程中非常享受，在文字中反省与思考，讲述别人的故事，写下自己的幻想，有了一个日渐充盈的精神世界。

有灵感的时候，怎么写都不会累，反而跟玩游戏上瘾一样，越写越开心。

其实人真的可以让自己不那么累的。因为走错了方向，我们才会觉得疲惫。做一个枯燥乏味的工作，在一个冷漠无情的环境中办公，找一个爱理不理的所谓恋人，去一个人山人海的节日景点……

我们太害怕跟别人不一样，太害怕孤独，所以变成了一个个复制的模板，重复而无聊。

人可以拒绝任何东西，但绝对不可以拒绝成熟。拒绝成熟，实际上就是在规避问题、逃避痛苦。规避问题和逃避痛苦的趋向，是人类心理疾病的根源，不及时处理，你就会为此付出沉重的代价，承受更大的痛苦。心智成熟不可能一蹴而就，它是一个艰苦的旅程。

我们到底需要怎么样的人生？

在车祸后宅在家的几个月时间里，我不停地问自己。

如果不能有个说服自己的理由，我害怕我又会习以为常，回到以前麻木不仁的生活状态。

直到有一天，我看了黑塞的《悉达多》，被书中的悉达多自我修行之旅所震撼。

我始终记得其中的一句话，反复念诵，牢记于心。

人只应服从自己内心的声音，不屈从于任何外力的驱使。并等待觉醒那一刻的到来。这才是善的和必要的行为，其他一切均毫无意义。

——《悉达多》

我忽然找到一个方向，那就是——将人生看作一场对内心的修行，对自我的进化。

只要活着，永不满足，永不放弃，永远保持思考的热情，对所有的一切保持原始的好奇。

如果真的有灵魂，当肉身消失的那一刻，我们唯一可以依靠的就是生前的智慧与记忆，其他种种，都是梦幻泡影。

从此以后，我工作的意义不再是为了钱，为了结婚生子，为了享受更多的物欲，而是为了更多的体验，更多的学习与经历，更多的自由时间，以及更多的思考与醒悟。

在《哈佛经济学笔记》一书中，曼昆提到成功与幸福的秘籍时，说："当我还是个十几岁的孩子时，我读了一本书，它展现给我通向幸福生活的秘诀——找到你喜欢做的事，然后找到愿意雇你做这件事的人。"每当面临选择时，他就运用这个秘诀。

我不喜欢听什么成功与幸福的秘诀，我更喜欢说生活是否有意思，活得是否有趣。

无论在生活上，还是感情上，我们是否可以尽可能地去除那些自己不喜欢的因素，然后和自己喜欢的事物在一起。

这比光扑在钱上和别人的注目上有意思多了。

对自己诚实，正是成熟的第一步。

一个人最大的核心竞争力是自我升级

1. 五一参加朋友的婚礼，新娘的老爸实在是给我留下了太深的印象：穿着很干净朴素的唐装，说话幽默儒雅，不时显露出对时事和年轻人谈论的话题的关注和了解。也玩微博也做驴友，我看了他的博客，上至国际政治、宇宙探索，下至网络热文、读书笔记，写得很有自己的见解和看法，温和而有趣。看文风和语气，不知道的话，完全想象不出这是个年过半百的老男人写的。

你一点也不觉得他是老人家，就觉得是个亲切有趣的老大哥，跟我们生活在一个精神层面上。

旁边不少女性都在说这样的老男人好帅好有魅力，事实上，她老爸长得不高也不帅，也不是什么大老板，但其浓厚的知识分子气息、与时俱进的乐观风趣，以及一点也不倚老卖老的气质，太让人舒服了。

2. 我的邻居是一位中年大叔，女儿都读大学了，每天也都很忙的样子。经常看他从健身房出来，周末早上会骑着自行车去附近散步，体形保持得非常好，每天下楼都是走楼梯，看起来比我这个年轻人健康精神多了，真是惭愧。

3. 认识一个日本老人，小时候没上过学，做的是最底层的流水线，后来自学机械结构、电子力学、焊接技术、涂漆技术等工厂需要的技能，慢慢地一步一步爬上了日本一家最大的机械生产公司的总工程师位置。

所以我认为：

男性的核心竞争力是不断正确认识自己，以及自我持续更新的能力。

男人的一生都在战斗，只要你还在战斗，你就没有老去。

未老先衰的，只是那些没有追求、不思上进、蹉跎年华，战斗还没开始就中途缴械的逃兵！活该一辈子只能活在生命的荒野里，自怨自艾。

永远别想一劳永逸，永远别想依赖谁，永远别觉得自己已经很牛逼了。男人从原始社会开始，就是不断适应环境、猎取猎物、最早应变外来危机的主力。

就像《七龙珠》里面的核心设定是赛亚人会变身。主角每次都比别人早一步变身，无论是超级赛亚人，还是瞬间移动，还是后面的超级赛亚人。换成这些升级是别人先更新，孙悟空就没有核心竞争力了。

当男性显示出这样的特质与能力后，他将会打败许多同性，成为更多女性心中的优选。再不济，在女性心中的好感与吸引力也会大增。

我很反感很多20来岁、一无所有的男生老把心思花在怎么追求女生（或者说泡妞）上，却不去想如何安身立命，多积累些能力和学识为未来做准备，浪费了人生最能改变命运的年华。即使你追求到了你喜欢的人，最后也会因无法承担生活责任而一场空。

什么体贴啊，温柔啊，大方啊，幽默啊，这些在交往中都是锦上添花，而不是命门所在。

你把花在盲目追求上的时间、金钱、精力，用来反省思考，不断认识自己，找到自己真正喜欢、擅长的东西，有用的地方，你才能吸引到真正欣赏你的人。

为什么道理都知道，我们还是做不到

和老友喝酒，畅饮了两瓶黄酒，颇为尽兴。

其中聊到一个小话题：你说，现在的人每天都听那么多道理，知道那么多正确的事，为什么还是做不到，活不好？

比如，大家都知道读书好，锻炼好，熬夜不好，拖延不好，可永远在重复错误的事情。

我曾经想过这个问题，但没有多想，然而趁着酒醉，我突然意识到其中的一个核心问题。

“因为道可道，非常道！” 我眼睛一亮，想到这句《道德经》开篇人人皆知的一句话。

“什么意思，说人话！”朋友继续问。

“因为真正的道理，它本身就是时刻在变化的。从来就没有一个完全通用的所谓真理可以一直用下去啊，我们听过的道理，再怎么正确，也只能是别人的经验。

自身所处的情况每时每刻都会发生变化，如果自己没有智慧去分辨，自然就做不到。”

因为世界的组成太复杂，同样一件事，在不同的时候，会有不同的应对方法。

不存在一种恒定的行为法则可以一劳永逸。

举个例子，我们知道说谎不好，但很多女生拒绝别人告白的时候都会用“你人挺好的”来安慰对方。这比心直口快直接说“你太矬了、太丑了、太穷了，老娘看不上”善良得多吧。

再举个例子，大家都说读书好，可是有人天生不喜欢读书，难道也要逼着人家读书吗？

不胜枚举，道理只是知识，知识可以传授，而智慧永远只能自己领悟。

对于一个没有穷过的人，他永远无法真正体会没有钱的人是什么心态，更谈何理解？

于是我回家洗完澡之后，又认真地分析得出以下三个结论。

1. 名词之争。

每个人理解的东西，本身就会有偏差。

大家发现没有，很多时候，生活中的争论都是名词之争，比如我说我学禅，很多朋友以为我吃斋念佛拜菩萨，就跟老年人一样。而我说的学禅，是指一种去除杂念、认识自我的思维修行方式。

同样一个名词，在不同的人看来，不尽相同。

我家的猫从小喜欢玩拖鞋，于是我就给它取名拖鞋。我叫它拖鞋，并非真拖鞋。它也可以叫狮子，叫达·芬奇，叫电饭煲。

如果你就在猫面前，那么它叫什么都无所谓，因为对你来说，毛色、大小、性格立即可见。

对一个没见过猫的盲人，你再怎么描述猫的概念，在他脑海中都无法呈现出跟你看到的猫一样的形态来（比如我家拖鞋）。

2. 偏见与惯性。

人的生命与时间有限，年少的时候我们可以学习很多东西，然而长大后为了谋生，我们通常就会专注于一两样特殊的知识和技能。这就造成了人与人之间的偏见与思维定式。

偏见，就是让大脑的思考窄化了。头脑一旦狭窄化了，你就会变得特别在意某一样东西，而同时，你对其他事物毫无意识。头脑窄化得越小，你就越能取得成功，你会变成一个特殊人才，变成一个专家。但是，整个事情就会是：你知道得越多，你的意识就越少。

简单地说，学文科和学理科的人，看待事物的思维方式截然不同。

同样一个事物或一个概念，在成长环境和固有的我执下，看到的也可能是不一样的东西。

语言会有隔阂和误解，文字会有不达意和表达不当，我们对事物真正的认知来自亲身感受和体会。

我们认识事物，会受到名词本身的禁锢而对进一步理解事物本身产生障碍，停留在浅显的认知层面，进一步产生偏见和我执。

六祖指月的故事，也是这个道理。真理或真相与文字是无关的，文字可以指引真理，但文字本身不代表真理。就像手指指出月亮的所在，但手指就是手指，跟月亮没有关系。

佛陀圆寂前有一句话：吾四十九年住世，未曾说一字。

佛陀说自己说了这么多年法，其实未曾说法。

因为真正的智慧是没法儿说的，是虚无缥缈的，而不是告诉你A是A，你记住就好。

所以，佛陀是认知事物本来面目的觉悟者，而我们囿于世俗成见、言语概念、习性执着，为假象所迷。

“须菩提。所言法相者。如来说。即非法相。是名法相。”

那是佛陀说话的方便，方便我们去理解，又不希望我们误解。

道理归道理，一个人要怎么活，只能依靠自己去寻觅。

3. 自控力不足。

我们每天都面临太多诱惑，沉浸在世俗的乐趣中，看电视剧、综艺节目，聊天，吃好吃的，玩手机，在这些有趣而琐碎的小事中将精力与自控力都用完了。

很多事情不是本身很难，而是因为我们不去做，才变得难。

我们不去做，就不会习惯。每天跑步的人不觉得跑十公里有多难，但是偶尔跑一次的人，就觉得难于登天。

其实从生理学来说，任何习惯的养成，需要连续做14天，熬过14天以后， 就开始适应了，慢慢地也就不难了。

所以很多时候，我们要对这个世界的诱惑有一定的疏远。

我认识的优秀有魅力的人，通常对外界都有一种疏离感。名校的学霸总是温和冷清，喜欢待在图书馆一整天，也能对人淡淡地微笑；成熟的中年人总是儒雅淡定，话不多，喜欢独来独往，与人相处保持着礼貌的距离。

我想真正明白道理的人，都是很孤独而坚定的吧。像一个复仇者一样，对每天都保持清醒的认识，不让自己松懈。

每天忙着过自己的生活，读不同的书，做感兴趣的事，坚持锻炼身体、增长学识。何时能成功，这份努力是否有回报，他人的评价，从不过多在意，只是专注于自身内在的积累，宁静而坚忍。**一个人就像一座城池，看似安逸平和，实则内心风生水起，默默攻城略地。**

所以我总说，人注定是孤独的。

希望之所以可贵，是因为它的不确定性。当一个人意志坚定且

找对方法时，便能感受到日渐接近希望的安慰。

你这么努力，为什么还如此焦虑

有个学生，暑假报名来学日语。半年后要去日本留学，很认真地每天都来学。然而他学得不好，应该是很不好。

一般人一周可以掌握的内容，他不知咋的，一个月了还掌握不了。

他是某重点大学的理科毕业生，按理说智商肯定没问题，也很努力，可就是学不好。

他也跟我讨教了好几回，我渐渐发现，在他努力却学不好的背后，有着更深刻的问题。

其实他对日语和日本文化根本没兴趣，完全是因为学校有一个推荐去日本留学的机会就争取下来了，然而对日语的等级有要求，他就很上进地来报了班。

他根本不喜欢学语言，也对学习日语本身不感冒，想要的只是一个结果、一个证书。这当然沉浸不下去，因为每一刻的学习，他的心不在上面，看上去很努力，实际上是在浪费时间。

如果人一味求快，对事情本身漠不关心，只想早点结束拿到结果的话，事情本身就不会给你好的反馈。因为心不在那儿，杂念就会蜂拥而至。

网上有一句话说：以多数人努力的程度之低，根本轮不到拼天赋。然而，我并不认同。

首先我想说，“努力”本身就是一种天赋。

注意，我说的努力是有引号的。

真正的努力，应该是一种明白自己在做什么，又能时刻投入在当下和其中的自控力，而非内心烦躁焦虑，表面废寝忘食。

多数人的努力，只是让自己看上去很忙碌。

有极少一部分人，做什么事都可以很快投入进去，不被打扰，努力精进。这是一种极大的天赋。

我认识的那些学霸，无论给他们一本什么书，都可以很认真地看完，并且总结出自己的心得。

这种天赋的核心是，做一件事的时候心很静，没有杂念。

而且我认为，这其实可以后天修炼，比如禅宗的正念，就是驱除杂念，驻留当下。

而更多的天才，或者所谓的成功者，他们很幸运地找到了自己能专注投入的领域。

天才不是什么都会，而是知道自己不适合做什么后，就果断放弃，专注于自己能做好的事。

而大多数人的所谓努力是什么呢？是勉强自己做自己不乐意做的事情。

他们自己觉得枯燥、无趣，却又认为那样做是正确的、是该做的，所以逼自己去做。

比如，你非让韩寒去做数学题，去参加应试教育考试，他肯定不乐意，估计啥都做不成，及格都困难。

但他聪明或者幸运的地方是，他很早就发现了自己擅长的东西和兴趣所在。

我相信开赛车、写杂文这种事，对他来说更多的是享受乐趣、释放天性。要说努力，这两个行业里比他努力的人不在少数。

我们先要了解自己的能力与内心的渴望，才能进一步挑战更多的可能。

如果一个人对自己所做的事情完全有信心，他就不会焦躁狂热了。

凡是出现焦躁狂热的状态，通常都是深层的自卑心理在作祟。

所以你去看那些学霸，通常都面无表情，非常淡定。

自修室里那些头悬梁锥刺股的人，往往都是临时抱佛脚者。

只有对自己没有信心的事，人才会通过可以量化的努力和外在的痴狂来安慰自己。

当我们在做一件事的时候，先不去想成功与否。

成功当然很爽，但如果不成功，我们是否还会享受当下做的事？如果是，我认为那就是真正的成功。

因为你已经不需要依赖外界的承认，已经获得了内心的满足。

只要能保持当下不杂，就已经开始生出智慧。如果你能开始了解自己，不刻意去改变，而是照着自己的本质生活，那么你就会开始蜕变。我认为，一个人可以默默无闻地活在世界上，完全不被人知道，没有名气和野心。如果一个人不认为自己有多么重要，他就可以活得相当快乐。

这也是我，今生最大的追求。

平静，温柔，有趣。

只要我自己认可自己，一切就是圆满的。

一个一无所有的人可以从这个世界上获得什么

有位读者特别悲观，经常发私信给我，表达自己的自卑与绝望，甚至有几次，出现了自杀的倾向。她问我："像我这样相貌不佳、没有背景、得不到别人喜欢的人，也没有才华和能力，活在世上到底能得到什么？我该怎么思考，才能获得内心的平静呢？"

这是一个很沉重的问题，我想了好久才慢慢回复。

我们的头脑里，每天都会有很多念头闪现，一念之差，就可以从快乐走向悲观与绝望。

当我们观察自己的人生时，我们日常生活中的阴郁与焦虑都来自哪里？真的是来自外界的干扰吗？

其实归根到底还是来自你内心的恐惧，以及对自我的否定。

恐惧和否定从哪里来？这就像看电影，恐惧是观众坐在电影院看电影，对电影中的画面产生联想，进而被刺激。否定则是我们在观看电影的过程中暂时迷失了自己，把自己代入了电影中，进一步意识到自我的存在，进而否定电影中代入的自己，从而感到痛苦。

人生其实只不过是一场电影，道元禅师有一句话：万物不过是宇宙的一道闪电。

我们降生在地球上纯属偶然，我们糊里糊涂陶醉于那些微不足道的快乐中，尽可能经常地让自己分心，这样才不会对一个事情耿耿于怀；我们只是寰宇间的匆匆过客，终究会烟消云散。

——伍迪·艾伦

越是在意过去，或者将来，就会越削减当下的感受，就会越少真体悟，越多假烦恼。

活在当下，不只是知道当下活着，而已。

我们一步步来思考。

一

首先你是一个人，这个世界就给了你生命的高级体验，宇宙是无心的，它无序而又有局部规则。

天地万物，生而为人，不用为温饱而担心生命的延续，不用为被捕猎而担惊受怕，不用愚痴混沌地过一生，其他的生物甚至要牺牲自己的生命来成为你的能量来源。你会思考，会进步，会改变，这是第一种得到。

二

然后，你是当今文明社会安稳环境中成长的一员。

人类千万年的发展，那些优秀的人为你发明了电灯、飞机、手机、电脑、汽车等，让你的生活变得越来越便利与自由。你什么都没做，就得到了人类智慧的成果，你得到了身为人类群体的一员的共享权利。

三

你看见流浪汉躺在寒冬的桥上，你有什么感想？

你听说战乱地区的人朝不保夕，你有什么感想？

你看到生而为人天生患病残缺，你有什么感想？

你没有感想，因为你盯住的从来都不是你已经得到的，而是你想得到却未得到的。

我们因得不到我们想要的东西而痛苦，那么这份痛苦将永不停息。因为万事万物都处在变化之中，你想得到的东西也处在不断的变化之中。

就拿爱情来说，一开始一个人只想拥有一个拥抱或陪伴，然而当拥有一个恋人之后，她又希望得到恋人的付出与互动，接着希望得到承诺和保障、物质与未来。在不断比较之中希望对方符合自己更高的期待，最后甚至奢求不改变和永恒，这样的心态，就永远无法终止烦恼。所以，爱情本身就是烦恼的集合体。而所谓真爱，可以终止这种不断产生的占有的终结，所以真爱总是短暂的，而无序和混乱是永恒的。在这一点上，越早明白，越少烦恼。

我们总想占有好多东西，美貌、财富、名声、权力等。似乎缺少了这些东西，我们就什么都不是了。为什么会觉得自己一无所有，因为把心放在了没有实际土壤、不曾真实拥有的绿洲上。

这样的心态，即使某一天侥幸站在了绿洲上，环顾四周，依然是一片沙漠。停下脚步只想象水的滋味，不会让你解渴，只会让你更饥渴。

简言之：但行好事，莫问前程。

四

接着，具体到单个人身上。

这个姑娘的不快乐，更多的是来自落差感，而落差感来自依赖他人的赞许和与别人的比较，所以这个不快乐和不平静的根源都是他人。

我们的生活都在依赖一些人、一些观念和思想，我们总依赖别人带给我们安全感和幸福，然后产生执念，然而他人也有自我意识。我们无法完全掌控别人的行为和想法，进而产生种种心理问题。

我们从来不去深入探索我们的这种依赖心理从何而来，我们看似在追寻一种幸福和安全感，实际上是在逃避，逃避一份孤独、匮乏和空虚，逃避对自我进行深入地探索。

当寻求赞许和认可成为一种需求时，人会变得令人讨厌，就像在知乎上回答问题，追求赞多这种心态本身就会让自己变得患得患失、不平静，进而影响原本对问题的思考和理解。

人将感情的支配权交付给了别人，就慢慢失去了自我。

很多人都嚷嚷着要做自己，其实进一步问一下，我们真的有自己吗？我们所谓的做自己何其单薄而脆弱。

因为迷失了自己，那些杂念和渴望才成为真正的烦恼。看一部电影的时候，我们或喜悦或悲伤，看完之后并不会迷失自己，因为我们知道那是电影，只是把自己放在一种体验和感受中，就不会有烦恼。而看完之后对电影中的东西产生渴望和贪求，这样就会迷失自己。生活中的许多事，其实本可以当作电影看而不起杂念，但人们却把它们看得太重，迷失了自己。

人一旦置身于迷雾一般的执念中，幻象就会一个接一个没完没了。

对这种虚妄的存在意义的追寻，满足的还是他人的眼光，而不是自己内心最真实的渴望。

五

这话可能不中听，不过对于平庸的人本身，得到的是更容易调整自己、获得平衡的能力。

一列高速行驶的火车，很难在遇到意外的时候保持平衡，而一辆自行车，就很容易保持平衡。

一个绝色美貌的人，一个天生异禀的人，一个才华绝伦的人，一个生来高贵的人，他们的一生，调整自己、获得平衡是不容易的。因为熵增不可避免，他们就要消耗更多的东西去维持自己的平衡。

举个例子：一个庸人考60分容易，要努力考70分也不难。保持在这个分数线上，人就舒服了。

然而，一个优秀的人考80分容易，考90分不难，可他要努力追求和调整自己去挑战的是100分。那么，他的生命就很难做出负熵的行为，只能不断消耗越来越多的精力和时间去追求，追求符合自己的期待，符合别人的期待。

就像《蜘蛛侠》里的那句名言：能力越大，责任越大。

六

最后，回归到心理和社会现实层面上。

如果别人开始无视你，那是因为对于生活而言，你成为了猎物，而不是猎人。

平庸的极致，就是成了家畜般的存在，你靠别人给你饲料，来养活自己干涸的灵魂。

所以，我们需要跟周围的人保持一致，需要别人给我们很高的评价，我们需要被承认、被认同、被称赞。

按照维特根斯坦的观点，他人对我们理解的范围标示着我们个人世界的范围。我们免不了生活在由他人的看法所构成的框架之内——由于他人理解我们的幽默，我们才显得风趣；他人理解力强，我们才显得聪明；他人豁达大度，我们才显得慷慨大方；他人偏爱嘲讽，我们才显得话中带刺。性格就像需要读者的语言一样，人生在世如身处荆棘之中，心不动，人不妄动，不动则不伤。如心动则人妄动，伤其身痛其骨，于是体会到世间诸般痛苦。

大多数大人都忘记了思考这件事，他们只记得过日子，赚钱。他们很容易用屁股代替脑袋思考，很容易发火，很容易不管事实真相就胡乱喷人，这都是缺乏思考的表现。可以说大多数大人都没有真正长大，内心幼稚极了、脆弱极了。尽管他们中的一些人看起来好像活得像那么回事儿。

我一直相信，人与人之间绝无真正互相理解之可能，只有相互妥协之权宜与被虚幻欺骗之真诚。

所以总是希望得到别人理解的人是幼稚的，因为这样的人根本就没有先理解自己。

《沉思录Ⅱ》中有这么一句话，我始终咀嚼体悟：“如果有人感到不幸，那请他记住，这完全是出于他自己的原因。因为神把幸福和安宁给予了每一个人，有时候你认为事物是好的，而后你又认为它们不好，而后你又认为它们不好也不坏。简而言之，你痛苦、恐惧、妒忌、困惑、被改变，这就是你承认自己愚笨的原因所在。”

你就像迷迷糊糊钻进一辆行驶的车中，你并不知道你坐的是什么车，但你原本开得挺自在的，突然路上出现很多人，对着你的车欢呼，你开始觉得你开了一辆好车，内心开始感到喜悦。开着开着，你发现身边有许多其他的车，一开始你对这些车的好坏没有概念，直到路上的人把给你的欢呼给了别的车，你开始怀疑自己开的是一辆破车。

车还是那辆车，它不好不坏，承载着你一路向前。你这个司机，就是自己的灵魂，是不是应该偶尔停下来，好好认识一下自己的车，明白自己要去的地方，开开心心上路，而不要老听沿途人的噪音。

不要总在乎别人怎么想，当你个人的思考和意识都是建立在别人的想法上的时候，你已经输了，输掉了自我本身。

同时，你还给自己建立了和别人一样的心灵壁垒，生活在他人眼光的套子里。干掉一个生活在紧身衣里的人再容易不过了。

你内在的想法表现在外面，就变得越来越不温和，也越来越不有趣了。这样恶性循环，离你想要的和谐美好的爱情，也会越来越远。

维特根斯坦说：“幽默不是一种心情，而是一种观察世界的方式。”

当世界荒唐时，以一种严肃认真的态度对待它同样是荒唐的，而以一种漫不经心的态度消解它，便成了智者的最佳选择，于是就有了幽默。

当然，绝对的“漫不经心”是无法做到的，这种幽默，往往并非彻底的消解，而是一种更为巧妙的反抗。

希望之所以可贵，是因为它的不确定性。当一个人意志坚定且找对方法时，他便能感受到日渐接近希望的安慰。

为什么改变自己这么难

每年元旦和除夕的夜晚，我经常会对新的一年产生许多美好的愿景。

新年要有一些新的目标，要有改变，要努力哦，少年!

“今年一定要好好学习哦，我要考托福、雅思、同声传译……妥妥的！”

“新年我要好好健身，养成跑步的习惯，必须的！”

“我不能再沉溺于游戏和日剧中了，我要奋发图强，学习各种技能，写出牛轰的剧本！”

“每周都要看一本书，勤做读书笔记！”

然后列出了满满一张纸，仿佛已经看到自己金光闪闪、内圣外王，成为了一个帅气又迷人的肌肉男。

这么一想，觉得新的一年真是动力满满，充满干劲。

往往睡觉前对新的一天充满了激情和期待，然而第二天醒来又是中午了……

总得先吃个饭吧，吃饭的时候很无聊，看个视频吧，哈哈哈太好笑了，哎哟，旁边的链接也不错，继续看一会儿不要紧的，哈哈哈……

哦……两个小时过去了，该工作了，翻译、约稿、写文案、备课，我有的忙了，不要拖延，拖延必死。

“叮……”手机响了。

总得看看吧，说不定是约稿呢。原来是老朋友，随意聊了聊。退出的时候手滑看了看朋友圈，哈哈哈……这个分享好好笑……

等放下手机，发现天已经黑了……

“不行，不能再这样下去了，我一定要做出改变。”

这大概是许多人在生活中经常会出现一种状态。

有少部分人真的改变了，他们是自己生活的勇士。

大多数人跟我一样，常常有目标，没行动，想改变却又变回老样子了。

有目标，有改变的主观意愿。拖延的行动，悔恨的心情。

到底是什么，在阻碍我们改变自己？

是什么，让改变每次都中断与失败？

是什么，让我们无法进步与发展？

给我站出来，我要将你们全部打倒！

我们人类是最容易适应生存的生物。无论是幸福还是苦难，一旦适应了，就很容易习惯，一旦习惯，就容易产生一个心理舒适区，会害怕改变。因为改变通常包含着未知，未知总是会带来恐慌。

《古文观止》里面有一篇文章，讲一个书生家里有个坑，每次边散步边看书经过那里的时候，都会把脚陷进去。然而习惯了以后也觉得没什么，每次路过就会习惯性地把脚往下伸。有一天家人帮他填了这个坑，他后来在家中散步就怎么都觉得不舒服，少了那个咯噔一下的刺激。

这就是习惯的力量，已经适应的生活方式和想法要一下子改变，是非常难受和痛苦的。

大学生如果每天赖床，刚上班要每天早起是很痛苦的，但是习惯了也没什么。

每个男人抽第一根烟的时候，都会奇怪这么难抽的东西为什么有这么多人吸，结果成了老烟枪后，闻到烟味就心痒痒。

无论好的、坏的习惯，我们一旦适应了，就不太愿意去改变。因此，历来的改革家受到的阻力都很大。

要想改变，我们自己的内心需要来一场心灵革命。先来说说阻碍我们改变的一些想法与行为：

第一，害怕改变自己后，会造成生活的混乱和不可控。

我总是在晚上写东西，作息经常混乱，所以老觉得如果让我早睡早起，规律生活，我可能会没有灵感，写不出什么文章。现在想想这完全是自欺欺人。晚上能写东西的主要原因是安静，没有干扰。白天只要关闭手机，拉上窗帘，其实效果和晚上是差不多的。

其实养生真的很重要，我们年轻人总觉得那是老年人怕死才在意的事，但是不健康的生活习惯确实会让我们的身体出现很多状况，得不偿失。

事实上，做出改变的时候，最初的确会有一些不习惯，就好像小猫来到了新家，总是觉得没有安全感。

比如跳槽，比如分手，比如出国，比如学习一些新事物。只要知道这些都是好事，就值得去尝试和改变。

第二，想快速达到目标，不然就觉得没有动力开始。

刚开始健身的人，总是恨不得两三个星期内就有效果；

学日语的初学者，总是恨不得一两个月就能正常交流；

想去整容的人，也总是希望一下子就能整成林志玲。

大家都太急了，什么都很赶的样子，恨不得一夜成名，第一次就遇到命中注定的人，一下子就学会想学的东西。带有这样心态的改变，永远都会因为不如预期的结果而更加失落。

改变，永远是一个循序渐进的过程。如果是突变，那是异形。

第三，想做出改变，却因为害怕别人的眼光与评论而不敢开始。

生活中最不缺的就是泼冷水的人。

比如我开始写剧本的时候，就有很多人泼我冷水，说什么“你也就写写情感故事啦，写剧本你没学过。”“你的故事太老套了，没什么意思。”“你卖得出去吗，现在做编剧的竞争这么激烈。”

很多编辑希望我老老实实写随笔和生活杂文，我没意见，可是对别人的改变冷嘲热讽，就有点儿没风度了。

自己想做的事，只要自己愿意就好。如果你想参考别人的意见，最好参考有相关经验的业内人士或前辈，无关的人隔行如隔山，那些意见真的没用。

第四，心里留存着自我安慰，其实我就算不改变也过得不错呀。

当年大清朝也是这么想的，闭关锁国200多年，于是就被八国联军打趴下了。

很多外国朋友惊讶中国这十几年发展速度这么快，那是因为中国上一辈吃过苦的人真正切身体会到，如果不去闯，如果不去拼搏，追求安稳的生活，那么日复一日的简单技能永远跟不上时代和世界的发展速度，很无奈，也很现实。

我们可以享受平淡，追求稳定，但千万不能止步不前，满足于自身的贫乏。

既然知道自己的不足，人生说长不长，说短不短，为什么不试着让自己过得更好呢？不用跟任何人比较，单纯就是因为热爱生活，让自己看看更大的世界，探索内心的智慧，多好。

追求优秀，而不是追求欲望，会让我们活得更踏实和精彩。

以下是一些关于改变的干货建议。

1. 更有效地利用你的时间。

我觉得时间总是不够用，可是也有人觉得时间太多，需要打发。

鲁迅说：无端浪费自己的时间，无异于自杀。

当你老了，想做一些事也无力做了的时候，你会后悔：年轻的时候都在干吗呢？

生命是如此短暂，为什么要浪费时间做一些没意义的事呢？做一些让你感到舒适的事很容易，但是你应该问问自己为什么要做这些事。有没有一些更重要的事等着你去做？为什么你不去做那些事呢？这些问题很难回答，但是每解决一个都会让你过得更有效率。

这不是说，你所有的时间都应该用来做那些最重要的事。永远没有所谓最重要的事，我们只需问问自己，我花的这些时间，我觉得值不值。

跟老友吃饭，当然值；

和家人打电话，当然值；

看会儿电视剧放松一下神经，当然值；

花钱买件新衣服让自己开心，当然值。

凡事只要不过度，分清楚轻重缓急即可。你自己觉得值，就不算浪费。

只要不是觉得无所事事，在打发时间，任何集中精力去做的事情都有意义。

明天要考试，还在玩游戏，当然不值。

欠着稿子还在看漫画，当然不值。（就是我……）

我的时间管理，目前肯定不是这样，很多时候过得很不值，浪费了很多时间（否则，我现在就不会写这篇文章了）。过得有没有效率，是我衡量自己的生活是否充实的重要标准。

关于时间的利用，我在收集好多论文和书籍，准备写一篇长文，下次奉上。严重感觉之前没有好好想过时间管理的问题，让自己过得很没有效率。

2. 一段时间只做一件“大”事，或思考一个重要问题。

杂念总是很讨厌，读书的时候想玩，玩的时候又担心作业，让人感到不舒服。

如果你认准一个重要问题，投入全部精力去解决它，这样你的效率是最高的。

比如，这两天我就一直思考，我已经知道要改变了，为什么自我改变这么难，就越写越多了。写得越多，说明想得越详细，对问题的理解也就越深刻。

学习语言也好，健身也好，最好的效果是一段时间的坚持。如果你隔一周去健身房，或者隔一天看单词，基本上就没啥效果了。如果你一周每天坚持跑步或背单词，效果就很明显了。

当然，无关紧要的小事情可以同时做，你吃饭不妨碍你看手机，同时还可以跟同事聊天。其实从长远来看，这样也不好。

3. 列一份待办清单。

每天睡觉前，列一下明天要做的最重要的五件事。

这样第二天起来就很清楚当天的重点了，不然人在混混沌沌中很容易被当下的刺激分心，看看微博啦，邮件啦，朋友圈啦，时间如流水哗啦啦溜走。

大部分人都有很多很多的待办事项，但是，如果你想把它们全记在脑袋里的话，它们就会慢慢消失。要记住所有的事给你带来的心理压力会把你压垮。解决办法仍然很简单：把它们写下来。

古语有云：好记性不如烂笔头！

一旦你把要做的事列成了一份清单，每天养成习惯去记录和删除，就比较容易看到自己的进步啦。

4. 提高时间的使用质量。

携带纸和笔：虽然手机上也可以记录，但是手机本身会跳出微信啊，微博啊，干扰我们的思绪，所以最好是带着笔和纸，一有想法就记在纸上，这种记忆更长久。尤其是坐地铁、公交的时候，思绪放空，很适合思考一些问题。

避免被打扰法：对于那些需要集中注意力的任务，你应该尽量避免被打扰。一个很简单的方法就是去一个没人打扰你的地方，另一个方法是告诉周围的人未来一段时间不要打扰你。对于这一点的使用不要过度，当你在浪费时间的时候，你反倒应该被打扰一下，帮助别人解决问题肯定比坐在那里看新闻更好地利用了时间。

5. 注意养生和心理健康。

关于吃、睡、运动：当你感到很饿、很累、很焦躁的时候，做事的效率就会很低。解决这个问题很简单，就是去吃、去睡、去运动。对自己说“虽然我很累了，但我不能休息，因为我要完成工作”会让你感到自己很努力，事实上休息之后你的效率会更高。既然你迟早都要睡觉，还不如先休息好，这样可以提高剩余时间的工作效率。这是我一直没有意识到的问题，最近作息恢复规律后，我反而觉得写作效率高多了。不会饿着肚子写东西，觉得自己很悲摧了。

与快乐的人相处：跟快乐的人相处也会让你变得快乐，也会让你心态更放松。也许很多人愿意躲在屋子里，不与其他人接触，埋头干活，他们觉得这样做，时间才没有被“浪费”。事实上，这会让他们变得情绪低落，工作效率也会大大下降。

与朋友分担你的压力：即使你的朋友并不是能够给你带来快乐的那种人，但是和其他人一起解决复杂的问题也会让问题变得简单。一方面，精神上的压力大家可以互相分担；另一方面，和其他人在一起可以让你专注于工作而不是时常分心。

最后，写太多也不太好，大家估计也不乐意，看得太累。

我总结一下，改变自己最难的地方就在于：

你是否真正认识自己，聆听自己内心的声音。

如果认识到自己确实需要改变，也注意到自己身上的问题，那么非常必要的一步就是科学地培养自己的习惯和意志力，以及管理时间的能力。

意志力的锻炼不是一蹴而就的，需要一点点去建立和适应，比如我每天更新公众号，刚开始几周觉得是挺痛苦的，但是现在让我不更新，我反而更痛苦。

就如禅宗所说，心无杂念，活在当下，是最棒的生活方式。每天吃完饭，听会儿歌后，坐在电脑前写字的这段时间，我的内心非常充实。

所有我说的这些看起来似乎很容易，但是社会上的一些观念正在把我们往相反的方向引导，让我们被外界的嘈杂和人际关系的复杂干扰。

要想变得更加有效率，我们需要做的就是转过头来：

聆听自己，活在当下。

人间烟火自有平安喜乐，风花雪月不如促膝夜谈。

入戏不易，出戏更难

曾经有个业余小导演心血来潮要拍个短剧，找我客串个流氓的角色，我觉得蛮好玩的，就去了。结果也就几句台词，我愣是重来了十几遍，不是笑场，就是忘词。只要看到大家都看着我，摄像机对着我，就觉得自己好像不是自己了。手不知怎么放、脚步不知怎么迈，跟个提线木偶一样僵硬，完全找不到感觉。看着其他演员（也是业余的）三秒就能自如地进入角色，感慨演戏的确需要天赋。

那部戏最后我也没去看成品，估计看了自己会尴尬死。

演戏演得不好，不仅自己难受，别人看得更难受。每次换台看到一些长相靓丽的帅哥美女演着一些毫无逻辑的偶像剧，说着令人羞臊无语的台词时，真是佩服他们强大的心理承受能力。

我们在生活中也会不自觉地扮演各种角色，很多举止言行，何尝不是在演戏。明明讨厌一个人，却还会在对方面前装出一副岁月静好的甄嬛神情，或者明明喜欢一个人，却装作一副漠不关心的高冷姿态。

戏多了，就成了套路。对于反复出现的模式，我们自己也在无意中，习以为常。

领导讲话永远是那副催眠的调调，班主任打鸡血时的语重心长，父母唠叨起来的唐僧语气，闺密们一起吐槽男人时那种看透男人的“睿智”模样，莫不是排演多了，形成条件反射了？

只要一跟他人接触，我们就自然有了一个身份。

在父母面前，我们自然被赋予了子女的角色，在老师面前我们是乖学生，在死党身边我们是逗哏，在老板眼前我们是老实人，等等。根据剧情和搭戏角色的不同，自由转换身份。

其他种种，莫不如是。

所以，在问起 “我是谁”这个哲学问题的时候，我们真的就蒙了。

你，不过是你所有接触的关系的总和，一个个他人眼中标签的集合。

入戏不易，出戏更难。很多优秀的演员在用心出演完一部电影之后，往往很长时间走不出来。比如《黑暗骑士2》中经典的小丑角色塑造者——希斯·莱杰就在拍完电影之后陷入小丑的角色中导致精神长期颓靡焦躁，最后英年早逝。

我们普通人所谓的稳定，不过是希望有个固定的剧本，可以让自己尽量不多转换角色，也尽量不要增添新的变数。

如果生活中变化太多，真的容易变得神经质。比如，当你早已习惯了你父母的唠叨，突然有一天他们再也不对你唠叨了，你反而觉得浑身不自在呢。或者突然得知一直信任的好朋友在背后说你的坏话，老给你捣乱，多崩溃。

就像我曾经写完一篇满意的短篇，却因为电脑死机没有保存，就再也没有重写一遍的心情了。

重新习惯一个人，或者一个人的变化，是件很消耗精力的事。

这也就难怪很多在一起多年的情侣或夫妻，明明已经看到了对方身上有着让人难以忍受的缺点和毛病，却依然没有离开的勇气。

现代人的交际圈看起来大了许多，其实真的能走入心理安全区的人少之又少。对于大多数日渐成熟或圆滑的成年人，交际过程中有着太多的套路。

我们都说喜欢真诚，不喜欢套路。但在实际生活中，套路总是保险且好用的。送什么礼物会让人开心接受，说什么笑话更容易拉近距离，甚至去哪种饭店吃饭，在什么时候取得联系，都有一定的套路。

初恋的时候，大家都会做很多傻事，虽然真诚，却也经常带来不满与尴尬。待到风月已淡，演戏的能力就变得更加重要了。

在对方的朋友面前，如何演出才能让恋人更有面子；

在两人第一次约会的时候，如何演出才能表现得既矜持又美好；

什么时候演出吃醋，什么时候上演感动，什么时候表现大度，都有了越来越细致的程序。

红人们开始有一种错觉，自己的演出越卖力，也就越容易受欢迎。

你若喜欢段子手的幽默，我就绞尽脑汁挠你胳肢窝；

你说喜欢温柔体贴，我就每个动作尽显英伦绅士风度；

你还喜欢博学多才，我就阅览群书为你答疑解惑。

演吧演吧，演到最后，自己都信了，爱人也信了，其乐融融，一起合演一出清新脱俗的恩爱戏。看着一个个点赞和祝福，恍惚中觉得就这么演一辈子，岂不挺好？

然而，唯有恋爱的时候，演戏演得越好，往往死得越惨。

演戏演得多了，你就不太容易打开心扉，展露真正的情绪与想法了。

当套路变成了习惯后，你越想真诚，反而越多套路，最后真真假假、虚虚实实，连自己都分不清是喜欢对方，还是喜欢对方最终爱上你的成就感。

的确，我们越是喜欢一个人，就越会有一种想让自己表现好的冲动。然世事多矛盾，你的表现欲越强时，反而让你整个人显得越不自然。女人的作、嗲、任性，男人的装、吹牛、自大，无不是表演欲在作祟。以为自己演得认真，才能赢得垂青，却不知费洛蒙这种真切吸引人的气息，只有在你发自内心地展现自己时，才能准确无误地传达到眼前人的细胞膜。

演出来的东西，离真正的美好总是隔着一层防火墙。

套路总是要有的，有了套路，就像演员化好装走上舞台才有演下去的信心。

带着演技，才有人想接近你，然而放下演技，才能让人真正爱上你。也许套路的最高境界，就是真诚。

入戏不易，出戏更难。

一场演出一个套路，一次动心一片真心。总落个风风火火，而又冷冷清清。

人间烟火自有平安喜乐，风花雪月不如促膝夜谈。

放下演技，立地成佛。

放松点去爱吧，好的感情，需要一份漫不经心的自然。

第四章

人生真是寂寞如雪

我还是看不清这荒谬的世界，也看不清我亲爱的欲望与孤独，只能化为一笑，欲说还休，欲说还休。

我生活中的小确幸

“小确幸”一词源自村上春树的随笔集《兰格汉斯岛的午后》（《ランゲルハンス島の午后》，是指生活中微小但确切的幸福。哪些是小确幸呢？很多事物中都包含着小确幸，只要你用心去体会就成。在文章中，村上说他自己选购内裤，把洗涤过的洁净内裤卷折好，然后整齐地放在抽屉中，就是一种微小而真实的幸福。

当我投入到某件事物中，进入忘我的状态时，任何微小的乐事都能让人心旷神怡。

以下是我自己在生活中感受到的小确幸，与大家分享。感觉生活无趣的时候，回顾这些偶尔的小确幸，就会觉得自己还挺幸福的呢。

忍受过生活的无常，就更能体会它偶尔的温柔。

1. 辛苦工作完喝一口啤酒，洗个热水澡。

2. 来到自动售货机前摸摸口袋还有多余的零钱。

3. 大冬天看着喜欢的综艺节目，吃一碗热乎乎的拉面。

4. 钻进被窝中，在黑暗中和朋友聊天。

5. 打电话给家里，听到父母熟悉的声音。

6. 想一个人的时候，对方正好发来邮件、QQ或简讯。

7. 下雨的时候有人来接，躲进雨伞的那个瞬间。

8. 下雪天和朋友们一起打雪仗。

9. 一次性大消费，拿着满满的袋子出门。

10. 读到一本爱不释手的好书。

11. 一口气可以看完的好电影、电视剧，看完还要找贴吧写影评。

12. 一觉惊醒，发现今天没有任何事，可以安安心心睡觉。

13. 在咖啡店看窗外人来人往，脑袋放空什么都不想。

14. 灵感突发，一下子写完一篇文章的感觉。

15. 有人对我说，喜欢我。

16. 晒太阳，脚边有只小猫小狗匍匐。

17. 收到一张从远方不期而至的明信片。

18. 得知一位许久不见的老朋友的近况。

19. 偶尔逃课，老师没点名，嘿嘿。

20. 和朋友谈理想和创作，彻夜不眠。

21. 好多人一起联机玩游戏。

22. 大家一起通宵玩三国杀。

23. 在川菜馆，吃到酒足饭饱出来，一起摇摇晃晃地侃大山。

24. 与爱人一起看恐怖片，抱她在怀。

25. 做了一个有趣的梦，醒来还记得，记录下来。

26. 洗完的衣服，在阳光下散发着香气。

27. 遇到一款自己倾心的香水。

28. 通宵熬夜完成小说、论文、作业等，喝一杯咖啡，看天慢慢变亮。

29. 打开冰箱看到满满的食物和饮料，尤其是深夜肚子饿的时候。

30. 拆开快递的瞬间。

31. 忘记自己生日的时候得到朋友的祝福。

32. 奔跑后气喘吁吁地赶上一辆即将开出的巴士或地铁。

33. 养一盆花草，浇灌它慢慢长大，在阳光下，露珠反射出生命之光。

34. 和恋人一起早起刷牙。

35. 和人打赌比赛胜负，赢了以后对方请客。

36. 剪掉指甲的瞬间。

37. 完美地敲开一个鸡蛋。

38. 洗完澡进空调房，让水分慢慢蒸发，湿漉漉的头发洒落滴滴水珠，披上毛毯的瞬间。

39. 冬天晒完被子，包裹自己香香入睡。

40. 成功拼完一张拼图。

41. 收到一封意想不到的熟人手写的信。

42. 坐在信任的人的车里安心地睡着。

43. 发现自己的生日正好是周末或节假日。

44. 买到一款自己合身的裤子，大家都说好看。

45. 难过的时候得到一个温暖的拥抱。

46. 成功地将纸团扔入垃圾桶。

47. 运动完第二天起来浑身发酸。

48. 从之前的衣服或包包里发现自己忘记拿出来的钱。

49. 想出门的时候及时找到一双干净的袜子。

50. 有人按着电梯微笑着等你进去。

51. 想去旅行的国家正好飞机票打折。

52. 发完一篇文章，有人耐心地看完并评论，感到自己并不孤单。

很酷的两种人生态度

一 、人生在世，兴起而至。

出自《世说新语·任诞》——王徽之雪夜访戴逵。

王子猷居山阴，夜大雪，眠觉，开室，命酌酒。四望皎然，因起彷徨，咏左思《招隐诗》。忽忆戴安道。时戴在剡，即便夜乘小船就之。经宿方至，造门不前而返。人问其故，王曰："吾本乘兴而行，兴尽而返，何必见戴！"

在我们长大的过程中，经常听到老师和家长说现在不能怎样怎样，等上了大学就好了；现在不能怎样怎样，等自己赚钱就好了，或者结婚了就安稳了，生孩子了就幸福了……然而我们自己真正想做的事情，总是在拖延。

我们会有一种思维定式，就是这个世间的很多事，都是天经地义的。什么时候该做什么事，仿佛都固定好了。一旦到一个阶段发现跟别人过得不一样，就会非常恐慌。

于是就有一个很不好的习惯，一旦有了自己真正想做的事，或令人激动的梦想，我们就会习惯性拖延，害怕耽误眼前的所谓正事。

事实上，除非违法犯罪、伤害他人，不然许多激动人心的事，最想做的时候，就最应该去做。

和最好的朋友聊个畅快，喝个痛快；和最爱的人恩恩爱爱，共赴巫山云雨；有热血的时候废寝忘食，通宵达旦。这些灵感与激情都是可遇不可求的，一旦压抑，就容易腐坏。

年轻是用来干什么的？年轻是用来创造和经历这个多彩的世界的，而非因循守旧、故步自封。

想做的事情，应该马上就去做。

等激情消失了，再想做，什么都没了。

乔布斯在斯坦福大学的著名演讲中有一段话：

“我很清楚唯一使我一直走下去的，就是我做的事情令我无比钟爱。你需要去找到你所爱的东西。对于工作是如此，对于你的爱人也是如此。”

我以前总是喜欢拖延，觉得眼前的事情不做完，没有资格去做自己喜欢的事情。

而且一旦做了，我总希望做得最好。

事实上，永远没有最满意的结果。我去做了，即使不合格，也有分数，而不去做，永远只有零分，这就是我现在每天坚持更新公众号的原因。

不为追名逐利，不为让大家觉得我努力，而是心中存放已久的想法与心情，不想再压抑。

比起做了不成功的结果，我更讨厌自己没去做就找借口放弃的悔恨。

犹豫和彷徨永远是最糟糕的。

想追求的人不敢行动，想做的工作不敢尝试，想学东西又怕没时间，于是每天都在纠结中重复，浪费激情与理想，最终走向平庸，变得焦虑、烦躁。

无论结果如何，悬而未决的事物才是最可怕的，而稳定的结果，即使不尽如人意，也能使你安心。

而对于美好的事情，拖延一分钟，就是延迟一分钟的快乐。

二、已弃不问，堕甑不顾！

出自南朝·宋·范晔《后汉书·郭泰传》：“客居太原，荷甑堕地，不顾而去。林宗见而问其意，对曰：‘甑已破矣，视之何益。’”

已经过去的事就已经过去了，沉湎于悔恨或惋惜中，都只会更加浪费精力和情绪。

这点非常难，屁股长在后面，人总要向前看。但我们总是忍不住回头，陷入一种莫名其妙的怀旧情绪中，却忘了，人这一生有着更多的可能。

这也是我的人生态度，与大家分享，愿大家活得畅快而精彩。

所有的苦难，都是打怪升级的考验。

终会有一个全新的地图，等着你欢呼雀跃。

太过喧嚣的孤独

我想先问大家一些问题，大家可以在心里回答，不用说出来。

1. 你是否有过，过年的时候才发现自己不知道亲戚小孩的全名？

2. 你是否有过，经提醒后，才想起家人的生日？

3. 你是否有过，听到别人结婚的消息，第一反应不是祝福的喜悦，而是思考送多少红包合适？

4. 如果不看手机，你能背出几个人的号码？他们都是你的什么人？你们有多久没聊天了？

5. 你是否会很轻易地给朋友的消息点赞，却极少亲口夸赞爱人或母亲的手艺？

6. 你是否曾经在朋友圈或微博上发过一条公开信息，而心里只希望某个人看到？

7. 你是否曾经在聚会中很想认识一个陌生人，最终却因为没有勇气而错过？

8. 你是否想过，想躲到一个没人的海岛或深山里，独自生活一段时间？

9. 你是否有过，明知晚上有场无聊的饭局或聚会，却还是担心别人说你不合群而参加？

10. 你是否偶尔想在朋友圈找某些人的近况，然后发现自己其实加了好多不熟悉的人？

11. 你是否觉得工作太多，社交太多，生活劳碌而不自由？如果给你一年的假期，没有任何人打扰你，没有任何经济上的压力，你再问问自己，最想做的是什么？

12. 想象一下，当你已经七老八十了，闭着眼睛躺在一张摇椅上，晒着和煦的阳光，这时有脚步声响起，你希望此时出现的是哪些人？然后睁开眼睛看看通讯录，里面是否有这些人？

你是否想过，你真的有那么多朋友吗？你真的有那么多事可以忙吗？

很多时候，难道不是为了社交而社交，为了躲避独处而凑热闹吗？

我们生活在一个信息爆炸的时代，每个人都越来越看重自己的隐私，也越来越喜欢在朋友面前表演，努力让自己看起来活得很棒、很精彩、很有趣。而关上电脑和手机，发现眼前没有一个可以真正说心里话的人。

大家都太浮躁了，谈恋爱，极少有人会耐心地手写一封情书、织一条围巾了。

交朋友，喜欢上来就打听对方工资多少，车子多大，房子在哪儿，却而很少有人愿意了解，当这个人一个人待着的时候，都在做些什么？是在看书、跑步、画画，还是不知所措，心烦意乱，只想快点到人堆里扎着？

娱乐的方式越来越多，更多人却感到越来越寂寞。

归根到底，人本质上都是孤独的，所有的相遇都不过是缘分一场，就像两列擦肩而过的火车，每个人都有各自的方向。

下次周末，也许我们可以试试切断所有与外界的联系，跟自己单独相处一天，看看我们，是否具有让自己快乐或平静的能力。

如何活得隐秘而自由，我想是喧嚣过后，更重要的课题。

诸君，晚安。

瞬间不爱

一

家里的老猫生了！

我就纳了闷了，一直关在家里，也不知什么时候跟别人家的野猫愉快地玩耍了，生了四只可爱的小猫，通通黄毛虎纹，跟它们的老娘长得很像。

奶猫很可爱，稍大了就闹腾起来。我感觉养不过来，问了几个朋友要不要养，没想到久未联系的王斐想要一只。

“你女朋友不是对猫过敏吗？”

“分了。”

“不会吧。我一直以为你们是最不可能分的一对。”

“唉……见面再说……”

我摸着猫咪的脑袋，看着它的大眼睛感慨：“猫啊猫，人生真是难预料啊。”

猫眨眨眼睛，说：“妙！”

二

王斐是我高中时期偶然认识的一个好友，我俩特别投缘，至今常有来往。

他个子不高，浓眉大眼，气质很温和，总是笑眯眯的，容易让人亲近。

不知为何，我总觉得他长得特别像民国时期的人，围条红围巾就像穿越到五四运动的爱国青年。王斐生活中最爱的三样东西是小龙虾、打游戏和猫。和女朋友同居后，女朋友对猫毛过敏，才忍痛把猫送人。

我们经常聚会的活动就是喝啤酒吃小龙虾，网吧开黑玩游戏。很多时候，他女朋友也会过来陪他。

每次他女朋友出现，都会让我感慨，这小子哪来这么好的运气，有个这么好的女友。

姑娘不仅肤白貌美气质佳，还温柔体贴人人夸。最关键的是，谁都看得出来，姑娘是真心喜欢他。

随便说些令我印象深刻的细节：

王斐吃完龙虾嘴角脏了，她会自然地帮他擦嘴角；

玩游戏时嘟囔一声饿了，她二话不说下去买便当和饮料；

走在路上，姑娘总是情不自禁地握住他的手。如果王斐的手拿着东西，她就会像个小女孩一般牵着王斐的衣襟，好像生怕松了手，就会丢了他。

别的不说，光是王斐闲扯时姑娘面带笑意、含情脉脉看他的眼神，就知道是真爱。

来到我们常去的大排档，王斐已经点好牛蛙、龙虾和啤酒，形如槁木地僵坐在那儿跟我打招呼。

满桌红红火火，这让已经好久没吃荤的我，二话不说先扒了起来。

我一边吃，一边将放有小猫的盒子递给王斐，随口就问：

“所以，是你小子劈腿了吧？”

“哪能呢，有这么好的女朋友还劈腿，我傻啊。”

“不是吧，那是她劈腿？”

“这段时间你都经历了什么啊，就不能想点好的吗……”

“哦……那就是你不举了。”

噗，王斐一口啤酒喷在我裤子上，呛了半天。

“你个戆头，还是听我说吧。”

三

事情，是这样的。

有一天，他和女朋友参加完她表妹的婚礼，王斐躺在出租房的沙发上聚精会神地地玩着游戏，不时发出呵斥队友的声音。

女朋友在浴室洗澡。一切都跟往常没有区别。

从浴室出来后，她一边吹着头发，一边对王斐说："你去把衣服收一下吧。"

王斐盯着电脑屏幕，淡淡地说："等我打完这局。"

女朋友没有说话，继续吹着头发，若有所思。

这局似乎特别漫长，鏖战激烈，始终你来我往，难分胜负。

女朋友吹完头发，瞄了王斐一眼什么也没说，默默把衣服收了。

终于，王斐打完了游戏，心满意足又意犹未尽地伸展着身子。

女朋友递过来一个切好的苹果。

王斐突然觉得特别幸福，觉得自己有个既体贴又漂亮的女朋友。

女朋友盯着他的眼睛，如同看一个毫无关系的路人，看得王斐有些发毛，那陌生的眼神，让他有种不祥的预感。

“王斐，我发现我突然一点都不爱你了。”

“啊？”

“我们分手吧，明天我就搬出去。”

“啊？”

“别啊了，早点睡吧。”

“你是不是外面有人了？”

“没有，别乱猜。”

“那你为什么突然要分手？”

王斐慌了，他从来没想过女友会主动提出分手，这理所当然的爱，他早已习以为常。

女友低头沉默良久，神色黯淡地说：

“我一下也说不出为什么，只是就在刚才那一瞬间，我发现我对你的最后一点爱，也被你耗尽了。”

“什么鬼？”王斐显然难以接受这个理由。

女友无奈地说：“因为那一瞬间，我仿佛已经看到了自己的未来。无聊、单调、重复、枯燥，你的漫不经心和无所谓，我一次次地委曲求全和失落。我真的已经受够了。”

王斐慌了，连忙哄劝：“这不是最近忙吗？忙完这阵我们去旅行，去巴厘岛，去马尔代夫怎么样？”

女友冷冷地说：“这跟忙不忙没关系，我只是突然发现，唯一能让我舍不得你的，是过去的回忆，却不是对未来的希望。我总是能记得你的喜好、你的习惯，为你着想，不作不烦，可你渐渐连我的电话号码都模糊不清，我的经期都漠不关心。我们共同管理的情侣博客，如今只有我偶尔登录记录心情，你甚至都忘了有这么一个地方存在。这样的事情太多了，就算你说收衣服，也永远相信我会帮你收。

“我不想每一件事都去提醒你，来索取你的爱，这样太卑微了，可我就这么一次又一次地选择了默默忍受。只是我突然觉得累了，全身说不出的无力感。我看着表妹在婚礼上幸福的笑容，忽然无法想象和你在婚礼上的样子。我就觉得，也许爱也是有额度的，只是我们早已透支却浑然不觉……”

王斐默默听女友说了许多，心烦意乱，不知道该怎么办。

不知道从什么时候开始，王斐变得特别忙，忙着谈业务，忙着酒局饭局，忙着赚钱买房，忙着玩游戏放松心情，就是忘了还有一个最应该陪伴的女朋友，需要关心。

人一忙，忘性就大，常常想不起很多事情。

茶烧开后逐渐冷却，常常忘了要喝，任由它放凉；饭煮熟了持续保温，常常忘了吃，直到有了馊味。

等自己发现把爱情都丢了，却不知道是什么时候开始有的裂缝。

王斐终于发现，最初让女友动心的那些优点，早已消失不见。

日常恍惚的生活总是让人在等待中忘记了最初的目的。

王斐瞬间明白，女友哪是什么瞬间不爱，只是平时累积了太多难以言喻的委屈，突然被最后一根稻草压垮了。

看看如今平庸而枯燥的自己，他忽然明白，问题完全出在自己这边。

经过几次理性的交谈，他们最终还是分了手，没有争吵，没有抱怨，就像两个最熟悉的陌生人，在路口道别，从此各自生活，波澜不惊。

王斐好像被抽空了所有力气，一口干了一杯啤酒，苦笑地对我说："今天我才明白，感情中的两个人真的要长久，最好永远记得一件事，爱是无常的，它可以莫名其妙地发生，也可以不知不觉地消失。珍惜当下的意思是所有你所享受的美好与繁盛，都不是理所当然的。"

"可不是嘛？"

我们喝着酒，欲说还休，欲说还休，只道："好酒，好酒。"

四

关于感情的事，我是越来越不懂了。

一切都在不可避免地走向平庸。

炽烈的爱，纯真的梦，义无反顾地追求幸福的心。

当日常的一切带来重复而单调的强大惯性时，我们的生命就被琐碎消耗殆尽。

幸福与爱，永远生生不息，熄灭又复燃。

有些故事没有讲完，然而讲故事的人已经累了；

有些故事没有结局，因为听故事的人早已睡了。

每个成年人的心里，都藏着一个年少的伤心者。

伤心者

一

科幻作家何夕有一部特别的短篇小说叫作《伤心者》，在中国的科幻小说界地位独特。

这部小说对我的触动之大，每每想起，都会感到深深地难过，甚至在我现在敲下“伤心者”三个字时，想起主人公一生的遭遇，就已经哽咽不止。

小说很奇怪，全文的大部分内容完全看不出科幻的元素，就是在讲一个数学天才在家人、恋人与研究之间的烦恼与挣扎。

主角是个数学天才，来自一个贫困的单亲家庭，有深爱他的美丽女友和看重他的导师。本来他可以有个前程似锦的前途，但是因为无意中发现了一种数学理论之后，一发而不可收，深深陷入其中。所有人都不理解他，觉得他是魔怔了。

最终的结果是他因为坚持自己的研究，失去了最爱的女友，在一次次现实的打击下，终于成了一个疯子。唯有始终信任他的母亲，虽然不懂他研究的是什么，却坚信儿子做着了不起的事。

故事的最后才出现了一点科幻的元素，说是未来的人类有了很大的科技突破，而这个突破的关键点就来自于主角百年前孤独的研究，可是这个时候，他已经在屈辱和悲戚中死去很久了。

第一次看完这个故事时，我的眼泪早已无声地在脸上肆虐，一种从心底升起的悲伤久久挥之不去？

我不知道我伤心的到底是什么，是爱情的脆弱、亲情的可贵、人生的无常、天才的悲剧，还是别的什么？

直到昨天我偶然重温了一遍电影《风声》，在结尾处，周迅的旁白说：

“我不怕死，怕的是爱我者，不知我为何而死。”

电光石火之间，我想到了很多，也想到了《伤心者》这个故事为什么如此令人动容。

一个人，费尽一生的才智与努力，明知前途坎坷、困难重重，依然忠于内心的渴望，追求真理和梦想，不被世人理解也就罢了，却也不被爱自己的人所理解，甚到最后，自己都怀疑所有努力的意义与价值……

没有什么比这更让人伤心了。

每个成年人的心里，都藏着一个年少的伤心者。

二

事实上，能伤心是好的，至少表示还有强烈的爱恨能力，真正悲哀的伤心者，是抑郁症患者。

他们的心，就像一瓶矿泉水底部有一个细孔，源源不断地把生命的活力排到身体之外，表面看起来一切如常，却不知不觉活在了另一个世界。

端午节那天深夜，我刷手机微博，看到一位关注已久的作者普二丁连发了三条微博。

“死去元知万事空。”

“这样活着完全没有意义，好冷啊。”

“真的坚持不下去了，我说的都是骗人的。我有抑郁症，五年了。坚持不了了。希望下辈子不要再见。”

这满满的消极情绪，透露出来强烈的轻生倾向，我一下坐起身，渗出了冷汗。

我想起了几年前的走饭，一位同样因为抑郁症在微博上留言自尽的女孩，很多人也逐渐明白，抑郁症并非矫情与想太多，而是一种严重的精神疾病。

抑郁症就像是有个无形的幽灵，在你耳边不停地轻声细语：

这一切又有什么意义呢？

活着真的挺没意思的，对吧？

这是个荒谬的世界，所有人活下去的动力，无非是对未来的希望，而希望对我而言，就像个笑话。

你是个没价值的人，何况，本来就不存在什么真正的价值。

这是个虚假的世界，快乐与痛苦，本质上没有什么区别，有什么好执着的呢？

……

你问我为什么这么清楚这些状况，因为我曾有一段时间就处于严重的抑郁状态中出不来。

搞创作的人，很容易陷入虚无荒谬的情绪中。

假如我是厨师，我做出的每一道菜都是实实在在的；

假如我是教师，我教的每一个学生都近在咫尺；

假如我是工人，每天辛苦的汗水也是实实在在的。

而那些搞创作与发明的人，比如哲学家、诗人、作家、作曲家、画家、设计师等，如果他们的作品不能得到世俗的认可、获得现实的成就，就很容易成为偏激或颓唐之人。因为他们想得太多，即使笑嘻嘻地坐在人群中，他们的大脑也从未休息过。

想得太多的人，是不可能活得简单而开心的。心像是电脑的CPU，如果同时运行太多的程序，难免会卡壳和死机。所以，后来我终于学会了如何摆脱多余的情绪，那就是专注地正念修行。这，就是我所谓的禅修，无关宗教与灵魂，只是为了让自己少一点多余的情绪。

存在于这个世上的任何东西都会坏，周而复始，轮回循环。

心会被伤害，会麻木、会僵硬、会激动，也会一次次地损伤与修复。

真的有灵魂存在吗？

有人不屑一顾，有人半信半疑。

我只是毫无理由地相信一点，那就是在人死去的那一刻，一定会发现，原来自己对世界的所有理解，都是错的。

三

我不是很喜欢读现代诗，却很喜欢日本的一位现代女诗人，叫作金子美玲。

她的一辈子过得很苦，很像《立春》这部电影中的蒋雯丽，也像之前一夜爆红的农村女诗人余秀华。

越长大，我越觉得能找到一个志同道合、聊得畅怀的人格外不易。人与人看似无甚区别，都是两只眼睛、一张嘴，可是看到的东西、说出来的事物，千差万别。

《花儿的眼泪》

谁都不要告诉
好吗？
清晨庭院角落里，
花儿悄悄掉眼泪的事。
万一这事说出去了，
传到蜜蜂耳朵里，
它会像做了亏心事一样，
飞回去，还蜂蜜的。

《云》

我想变成
一朵云。
又松又软
飘在蓝天里
从这头到那头
看够了风景，
晚上就跟月亮
捉迷藏。
玩腻了
就变成雨。
跟雷公
结个伴，
一起跳到
人家的池塘里去。

昨天，在家族聚餐的时候，某位伯母无意中说的一句话，在我的脑中徘徊良久。

她说："现在这个世界这么精彩，不就是那些想得太多的人发明与创造的吗？可是，想得太多的人活得太累，还是做笨人好啊，笨人可以心安理得地享用聪明人的智慧，活得更自在。"

每个人都曾有过爱做梦的年纪，后来我们长大了，也遇到了更多的烦恼与困难，比起虚无缥缈的理想与追求，我们都更喜欢实实在在的快乐与小确幸。

爱情于我而言并无性别的差异，一个人发自身心地渴望另一个人，恨不得将自己挖空，好让对方更全面地了解自己。叙说与倾听时的欢喜与快慰，想把对方严丝合缝地揉进自己的灵与肉里，好像只有这样才能从此告别孤独、悲伤。获得却不觉被满足，想要变成掠夺，明明想要靠近，却比陌生人走得更陌路。当离别日到来时，不敢相信，试图挽回，毕竟承认失败比承认自己不够喜爱对方或者不够努力满足对方难多了，重新开始太麻烦了，并且有风险。“全世界属我最爱你”“我会永远不求回报地爱着你”，人们一再争取感情的永恒，但其自身的无常妨碍了这一期望的确立。

欲望面前，没有怜悯

一

纪晓岚的《阅微草堂笔记》中有这么一则关于和尚的小故事。

说山东有个和尚，偶然在经阁之上看到一艳丽女子往下窥视，不禁诧异。我去，这佛门清净地，怎么会有鬼魅存在。

“这我得去看看，大胆妖孽！”

出于好奇，也出于某种不可知的心理，他忍不住前往经阁接近她，却总是若即若离，见不得真容。如此反复了上百回，心心念念间竟生了相思病，等也等不来，唤也唤不出，只在离别时，看到远处娇媚的女子长发如丝、姿柔肤白……更是平添遐想，失魂落魄，终是落了心病，郁结而死。

临死前才告诉别人心事，悔恨交加。

僧自败，鬼魅原在我心中，色欲难断反受害。宿世冤愆，借以索命。

——《僧自败》

好好的一个和尚，被心中残存的色欲乱了心，愈思愈迷，坏了修行，丢了性命。

我想起我曾问过一个修行颇久的居士，修行最难的是什么。他说，他很早就戒了肉荤，戒了烟酒，戒了许多习气，唯独这个色啊，总是不堪其扰，时时烦闷。见到美丽的人总是忍不住有杂念，看到这美丽的世间，总是忍不住有分别心，我执一起，空即是色。

听到他说这番话，我突然就放心了，因为时常冒出的色欲、分别心总是令我很自责，原来对于这些长久修行之人，这也是一种挑战。

戒色真的很难啊。这不，我前两天还“单纯”地聊了“性”。性是本能，爱是渴望。修行的许多禁锢，都是跟人性相反的。从科学的角度来说，它在压抑人的本性、违逆人的需求，于多数人而言，对身心有害。

那为什么我们还要修行呢?

我相信，人这一生最难欺骗的人是自己。

欲念一起，如同鬼魅，时时撩拨，终于所得。

私欲如潮，如蜜涂刀，如蛾扑火，譬如亭渊澄镜，而蛟龙居之；金山银窟，而狮子处之。

即使侥幸满足了一刻的欲望，那一刻也是重新反复偿还的开始。

为了满足欲望而得到的平静，终无如愿之时。

二

我总会莫名其妙地认识一些人，不知是不是自带交友雷达的缘故。

两年前的世界杯，常去附近一家新开的咖啡馆看球赛。比赛期间，咖啡馆都会通宵经营，常常都是坐满了人，气氛热烈。

有一晚，德国VS加纳。我和老友等三人闲聊，聊得兴起，一位大胡子大叔听了我的发言很感兴趣，过来跟我讨论起来，就这么一来二去，相谈甚欢，就认识了。

大胡子比我大几岁，在一家外贸公司做经理，人很热情，总是精力旺盛的样子。看完比赛，我们都蔫得不行，他还激情澎湃，真是杠杠的。

其实他兴奋是有原因的，因为他当时刚开始赌球。那几次比赛，全部都被他押中了，仅仅一两周工夫，他就靠赌球赢了好几万。说实话，我们当时是有点佩服且羡慕的。有个朋友也跟着他赌了几百块，不过因为不知道玩法就输了，也就没继续玩了。我因为家传祖训不可赌博，所以也就没去想。现在想想，以我这么一种意志薄弱的个性，幸亏当初没去尝试。

作为一个偶然认识的陌生人，其实本来也没多少联系。不过他貌似很喜欢找我聊天，之后每隔一段时间，就会给我发微信或打电话随意聊聊，中间也叫我去打过一次球，不过我没空。一直是泛泛之交，也许时间一久就不会记起了。

铺垫了这么多，是因为前段时间他突然给我打了个电话，一接电话就听到一股悲伤哀叹。我忽然有种不祥的预感，因为通常这种开头都是来问我借钱的。不过还好，他从头到尾都没有麻烦我的意思，只是跟我倾诉一种悔恨的心情。

简而言之，他因为赌球上瘾，欠了一屁股债，家庭关系搞得分崩离析，老婆闹离婚，公司那边也问题频出。

这两年，他曾靠赌球赚了近百万，突然感到自己似乎天生适合做这个，投入的金额也越来越大，自信心膨胀。赌球可怕的地方就在于，它把人的欲望无限放大了。一个晚上几万块来回，是许多人一年的收入，这种快感与满足很容易让人迷失。最终他越陷越深，人也变得越来越暴躁焦虑，后来竟然去借了高利贷，事情一发不可收拾，最终人财两空。

这些年身边这种事层出不穷：本来平稳踏实的康乐之家，因为丈夫迷恋赌博而家破人亡的；因为在外面有小三而离婚的；还有本来衣食无忧的富二代，不知怎的染上了毒瘾，整个人废掉的；还有一些为了追求伟大的财富与事业，走上实为传销的保健品行业的……

读书的时候，你会觉得身边的人都挺正常的。按时上下课，打球、上网、漫画、电影填满了空闲时间，对未来有志向有憧憬，都是信心满满的少年，说着差不多的心事，你觉得大家的未来就算不是多么光辉，至少也是勤奋上进、踏实美好的。

然而这几年，我就眼看着曾经的有志少年一个个倒下了。他们有的成了自己讨厌的那种人，油腔滑调，圆滑市侩；有的一念迷失想走捷径，最终得不偿失，心灰意冷；还有的跌入欲望的深渊，年纪轻轻就已经没了生气。

生在一个充满欲望与诱惑的时代，你永远不知道下一个倒下的会是谁。你只能不断提醒自己，少一些浮躁，多一些宁静。

电话的最后，他说只是想找个人倾诉，声音哽咽，彼此沉默了一阵……我听到他哭诉悔恨的声音，奇怪的是，心里没有一点怜悯与同情。

当有些人遭遇天灾人祸、遇人不淑之时，我们都不会吝啬自己的同情与鼓励，愿意雪中送炭帮上一把，因为这种事情可能发生在每一个人身上，难免有恻隐之心。然而，如果一件事情是因为你自身的贪得无厌而酿成恶果，很少有人会觉得你可怜。

欲望的潘多拉魔盒一旦被打开，生活就会变成西西弗斯推的石头，只会不断轮回反复，再难得到解脱。

欲望面前，没有怜悯。

三

在这个时代的青年，能够把自己安排对了的很少……越聪明的人，越容易有欲望，越不知应在哪个地方搁下那个心。心实在应该搁在当下的。可是聪明的人，老是搁不在当下，老往远处跑，烦躁而不宁。所以没有志气的固不用说，就是自以为有志气的，往往不是志气而是欲望。

——梁漱溟《朝话：人生的省悟》

欲望本身有错吗？

追求更好的生活有错吗？

追求物质与金钱有错吗？

追求出人头地、万人敬仰有错吗？

想要吃，想要爱，想要拥有美好的体验与回忆，想要好身材，想和优秀的人做朋友、谈恋爱，这不都是人之常情吗？

当然没有错，世事本来就没有对错之分，只有因果之分，种下什么，收获什么，没有人可以不付出代价就获得心爱之物。

欲望就跟刀一样，本身无关对错，用它做菜，还是用它作恶，决定权都在人身上。

武士道有一种信念，当你对敌人拿起刀的那一刻，你就要做好赴死的准备。

当一个拳击手挑战世界冠军被痛打一顿惨败后，他会在乎别人的怜悯？

所以，当一个人将欲望作为自己生活的信念时，他应该做好被吞噬与惨败的心理准备。如果没有，他就不应该被怜悯。

其实人生来就不是白纸一张。刚出生的小孩，就渴望更多的食物与安全感。小孩子看到玩具和糖果，也总是忍不住想拿更多。我们可以说这是动物生存的本能，也可以说得玄乎一些，用佛学中的阿赖耶识说，这是宿世的习性。有些人，对有些东西，就是无端地极度热爱，到了贪婪的地步，即使因此毁灭，也无法回头。

欲望、志气、野心、梦想、痴妄、上进、贪心，这些词有太多的相似，都是不满足于当下，去追求更多更好的东西，可是很明显，褒贬完全不同。说你有志气又上进，是夸你；说你贪婪、痴心、妄想，你肯定不开心。就像是一龙九子，虽为同宗，差异甚大。

有好长一段时间，我无法分清楚这些东西，总觉得是一种成王败寇的事后诸葛论。比如，一个人想成为首富，他成功了那就是梦想，失败了那就是妄想。分别不过是最终是否配得上自己想要的东西而已。

我一直提醒自己，人世间的种种，尽量少用对与错去分辨，而是要修炼自己的智慧，去分辨其中的规律与因果。

就这个问题，有一次拜访一座寺院时，我突然想到就问了寺里的方丈。方丈不愧是方丈，几乎不假思索就简明扼要地解决了我的这个疑问。

方丈说："不满足是人进步的动力，但不知满足也是人毁灭的原因。结果好坏，是善是恶，就要看发心。发心可以用两个东西作为衡量和区别的标准。是外求贪得无厌，还是内求克己精进，是为了自己，还是为了众生。外求且为自己，就是走向邪道，内求且为众生，才是正道。其他情况，看业的果报。”

虽然方丈说得有些虚，倒是让我有如醍醐灌顶。

所谓外求，就是这个东西不是你自身努力得到的，而是通过索取外界来获得的。比如贪官的贿赂、工程的回扣、对别人爱的索取等。

内求是从认识自己开始的，寻找自己的需求与渴望，通过完善自己、改变自己而一步步实现。

道理很简单，甚至不用说得那么明白，大家也知道自己内心的渴望是否是你应该得到的。你想得到的一切，是否是你应得的，你自己最清楚。

你所做出的努力，是让这个世界因为你而更美好一点，还是更糟糕一点，你也心知肚明。

我不相信天生犯罪人理论，我不相信有人生来就说我要做个大坏蛋、大变态。菩提本无树，明镜亦非台，这个大家爱信不信的灵魂，从来不曾有过变化。只是很多时候，我们把它埋在了很深很深的地方，忘了还有它的存在。

只是这个时代有太多的声音，让我们迷失了自我。

总是因为走得太远，忘了自己为何出发。

四

农夫与金鱼的故事想必大家都听过，实际上贪得无厌是我们每个人的通病。

这世上的许多烦恼，都来源于我们在还没有想清楚之前，就擅自做了决定，直到毁灭才追悔不已。

放纵欲望，总是会让我们失去自己想要的东西；
不知满足，又往往让我们失去已经拥有的东西。

来吧，为了纪念人类这种生物，让我们举杯畅饮。

在比腐烂还要长久、比学习还要短暂的时空螺旋上，善人、恶人，无论世间变化，人类依旧重复。所以才会如此渴望、如此好生是非吧？

生命为何？
分明就是只要有阳光大地诗歌就能完整的东西。

——菊池正央《人类这种生物》

烦恼即菩提

生活中的多数烦恼，其实都并非什么大事。

往往只是钥匙找不到了，要打电话手机没电了，开车遇到太多红灯，喝个果汁不小心打翻在地，要写笔记找不到笔这些琐碎而不值一提的小破事。

明知道都是很小的事，不值得去生什么气，反而坏了心情。可我们就是忍不住烦躁，想骂人又意识到无人可骂，越觉得没必要烦躁，反而越憋闷。

空闲的时候，你觉得一切都很顺畅，人生无忧无虑真幸福。一旦一件琐事出现后，问题就会接二连三地出现，福无双至祸不单行，运气不好起来，感觉世事都在跟自己作对，赶紧查星盘看看今天是不是水逆。

谁都知道焦虑不安是种负面的情绪，达观快乐的生活是一种理想状态，然而如何做到，确实是一件很难的事。

所以说烦恼即菩提，当我们开始产生种种情绪病的时候，就是提醒我们该修炼内心了。

首先，我们为什么总是焦虑不安？

要细说原因当然有很多，你要从专业书籍上查的话可以看一星期案例分析和名词解释，然后什么都没记住。

我简单说下我的想法。我们的焦虑不安来自对自己的失控，就像你在高速公路上开着车，忽然发现刹车不灵了。那你在车停下之前的这一路上都会高度紧张，焦虑担心得像要上刑场一般。

我们的身体就像一辆车，精神是其中的驾驶员，情绪是后面的乘客，生活是一条条道路。当车子性能好，车况顺畅的时候，我们的精神会舒畅，情绪会平静与愉悦。然而，当我们感到对很多事情失去预判和控制之后，就像司机开车到了自己不认识的地方，或者路况变糟糕，司机开始犯困打盹儿的时候，坐在后面的这位乘客就会出现各种不满与焦虑情绪。

哪怕是在合理悲愤的情况下，恨意仍然不是来自别人的伤害，而是自己的无能和懦弱，换言之是源于自卑。

——霍弗《狂热分子》

从我自身来说，前几年我一直是个比较容易焦虑悲观，甚至一度有严重抑郁倾向的愤青，特别容易为生活中的小事抓狂，为别人的错误而烦躁。身在其中并不觉得自己有什么问题，反而老是觉得自己倒霉，或者别人故意跟自己作对，于是动不动就怨天尤人，充满戾气。

现如今回过头去想，才开始意识到，当初那种对生活若有似无、时隐时现的恨意，就是来自自己内心的空虚、脆弱与贫瘠。

潜意识里，其实你对当前的生活和状态感到不满，但你对自己生活的控制能力又不足，于是处处出现岔路，导致一路失控，日渐烦躁。

经过这几年的修心，整体而言进步很多，身边的父母、朋友都感觉到了我的变化，认为我过得充实和满足。（不过，小说写不出的时候还是很烦躁……）

我不敢说什么大道理，因为自己也没达到那个境界，只是一路且行且反省的过程中，逐渐感受到：上善若水，真正强大的能量，在平时反而是最温和柔软的。

一个内心失去了平静与自我、变得疯狂焦躁的人，走不了多远。

真正的平静和快乐是一种悟道的禅境，只可意会不可言传，何况我根本没意会。我学禅的师父跟我说，他见过一个悟道的禅师，非常可爱潇洒，一见到他就能感觉到他那种发自内心的快乐。即使只是打坐、烧水、扫地，你也会觉得他像微风一般轻盈、暖日一般和煦。

而我所见到的那些真正健康乐观之人，无非以下几种：

1. 那些真正有信仰和信念的人。

2. 命运不错而又知足常乐的生活稳定者。

3. 有自己的兴趣爱好，又不会让它干涉自己正常生活的人。

4. 经历过人生的巨大变故与伤害，真正走出来的人。

当然，以上几种人的特性也可能互相重叠，但他们都有一个共同点——生活的重心在于内省而非外求。

这也是我感悟到的对自己帮助最大的一点，欲望本身是很正常的事，但切记盲目外求，贪得无厌，先认识自己，再认识客观世界的规律，最后再去理解他人，才能心外无所求。

因为当我不再被外界的人言和热闹影响时，自己和自己独处，我就更清楚地看到了自己的脆弱和空虚。为了弥补那种灵魂的虚弱与饥渴，我开始大量阅读以前看不进去的书籍。在阅读的过程中，又对自我的存在与各种快乐与烦恼的涌现展开思索。

这让我想到了《生命之书》里克里希那穆提开头说的话：

“你可曾安静地坐着，既不专注于任何事物，也不费力地集中注意力，而是非常安详地坐在那里？……若是以这种方式轻松自在地听，就会发现自己的心在不强求的情况下产生了惊人的转变。这份转变里自有美和深刻的洞识。”

如果真能达到佛教戒定慧的境界，那当然是能得到真自在真快乐的，但这对大多数人来说还是不现实的。

我的建议是，多听听内心的声音，去自省，去感受自我的审判，这需要勇气，也需要一点毅力，把你从热闹非凡的现实诱惑中抽离。

太多的声音，总会在你不思索什么、不分辨什么的时候才听得到。人的本能，在很多时候屏蔽掉了很多你大脑不愿意听到的声音。身体如此，我们在人世也如此。

同样地，太多的美丽，总是在你不在意自己的境况时才被发现。于是，你的头脑，其实一直在制约你得到真实美丽的东西。什么都不想、什么都不在意时，美丽细微的一切才慢慢浮现。

——《生命之书》

我只是恰好手头有这本书，所以引用了一下书中的句子，其他诸如黑塞的《悉达多》《彷徨少年时》、慧能的《六祖坛经》、王阳明的《传习录》，都是我今年看到的大宝藏。

第一，如果你说你静不下心来看书或做事，那就先试试打坐冥思。

我做出的最大的一个改变是，焦虑烦躁的时候就打坐。

我的打坐跟宗教信仰无关，它只是我学禅时的一个习惯。一焦虑，就打坐。找个自由的时间和安静的房间，盘腿、蒙眼、呼吸吐纳、观呼吸、放下一切杂念。一开始很难，坐一会儿腿就酸，杂念满天飞。

然而坚持了一段时间后，这简直成了我大脑垃圾的最好回收站，屡试不爽。这两天莫名的焦虑情绪就在今晚洗完澡打坐一小时后一下子消失了，整个人舒畅了很多。

第二，找到自己的圣域。

圣域就是能够让自己安静舒服的地方，对我而言，就是市图书馆、熟人开的咖啡馆、某家拉面店以及自己的书房了。在那些地方，不管之前多么不开心，心都会瞬间静下来。

另一个方法就是跑步啦，我很少跑步，但是每次跑步效果都很好。出一身汗后脑子空空的，达到了一种放松的效果，如果能坚持跑步的话，我想我能健康很多。

再补充一个，就是写作，文字本身就有治愈的效果。如果能坚持记录自己对生活的感受和烦恼苦闷，再过一段时间回头看看，想必会有收获，今年开始写作的我就受益良多。

当然选择做什么可以安静下来也是因人而异，也有人喜欢刷马桶，或者吃东西……关键的一点是，这件事可以让你心甘情愿地投入你的精力，而且所需要的外界的东西越少越好。尽量远离电脑和手机一会儿。

另外我想说，做很多事的时候记得慢一点，不要一味求快。如果你看到一部电影老想着进度，那多半是看不进去、烦躁了，要么退出这部电影，要么慢慢进入这部电影。当你做某件事的时候，一旦想要求快，就表示你再也不关心它，而想去做别的事了。

“不以结果为导向的生活态度，也是一种美。”

朋友，烦恼总是不可避免的，但我们可以选择用什么态度和方式迎接它。

希望我们在面对琐事时都能多一些平静，少一些烦躁。

愿你拥有更加充实而快乐的生活！

难得糊涂，难得欢喜心。

善良到底有什么用

善良有什么用？

善良是一种选择，不是一种绝对选择，而是一种相对选择。

新年伊始，德国发生了大规模难民性侵女性的事件。接着，瑞典公布调查结果，难民进入后，发生15岁以下女童强奸案的案件数量蹿升到了20年前的6倍。

从欧洲国家接受难民开始，身边就有一些人被欧洲国家的人道主义精神感动，说不愧是发达国家，具有为世界和平与苦难做出贡献的责任心。

但我当时就说，接受难民带来的社会治安等问题，不是一句人道主义关怀就可以解决的。人可以因一时的善良做出善行，但无法一直损害自己的利益去帮助别人。

如果国家把难民的利益放在本国人民的利益之上，

这种善良根本就是在引狼入室。

中国有古语：升米恩，斗米仇。

如果一个人有困难急用钱，你借给他钱，他会感激你。但要是资助一个学生，每个月给500，后来越给越少，人家不但不会感激你，反而会仇视你。你别不信，著名演员孙俪前几年资助了一个大学生，就是因为钱给少了最后反而被大学生指责，让她非常尴尬。

有时候我们不禁要问，善良到底有什么用?

帮助跟自己没关系的人，自己又得不到好处，到头来反而惹来一身麻烦，还不如自私一点，活得自由自在。

首先，解释一下我对善良的理解：

我认为的善良，是主动牺牲自己的一部分资源成本（时间、金钱、技能等）去帮助需要这部分资源的人，并且其出发点不是做交易与获得回报。

很多人的善良，只是把自己不要的资源像处理垃圾一样交给别人。如果对方需要，就在因果上完成了一次善行；如果对方并不需要，其实只是给人平添麻烦。

比如，你有一台旧电脑不用了，你送给我，其实我也用不着，收着还需要处理，很麻烦。或者来个大妈老是帮我介绍对象，其实我压根儿没那需求，还得虚与委蛇，多累。

其次，出发点也很重要。如果我的付出是为了得到你的回报，那就是理性的投资或交易，很难称之为善良。你会认为投资人是善良的吗？

人类的任何道德或观念，都是在实际生活的实践中得出的经验。只有于生存有益，才会得以保留。

所谓善良，也是如此。

如果在一个极其崩坏凶险的残酷环境下，明知面对的是凶恶之徒，善良往往只能带来死亡与损伤（比如农夫与蛇），那么善良就会被大家抛弃。

我不得不悲观地说，生存是第一要素，只要利益存在冲突，永远都是屁股决定脑袋。你再觉得猫猫狗狗可爱，需要爱护，可真要是处在无人岛饿得要死时，难道不吃它们？古代饥荒的时候，易子而食也是常事，何况动物？

另外，我们的祖先在那么多灾荒面前都是怎么活下来的？

读史书，屠城灭族的杀戮事件数不胜数，要说人性本善，我是怎么也无法相信的。当我们还是小孩子的时候，我们不知道欺负弱小有什么不对，打架抗拒才是本能。

所以我们可以想象一下，在最原始和暴虐的年代，人们的生活是怎样的。

你争我夺，为了有限的资源，杀戮、欺骗、压榨、奴役。有压迫，自然就会有反抗。于是恶性循环，永远都在奴役与被奴役之间转圈。

越是乱世，人们越需要善良，越需要心理的安慰，不然根本没有勇气活下去。

这就是许多原始宗教的意义。

佛教的行为准则是八个字：诸恶莫作，诸善奉行。

正因为它同时符合上层和底层对生存的渴望，所以才在生存极其艰难的南北朝时得以广泛传播。

然而何为善、何为恶，实在是个很大的主题。善行未必有善果，恶行也未必有恶果。人们朴素的因果报应思想，其实不是佛学的本义。这里不展开说了，我只说一句，我们希望别人如何对待自己，就用同样的方式对待别人，就是很大的善行了。反之亦然，将心比心。

然而，人是很实际的生物，之所以能幸存至今，不是因为人有多么强壮，而是因为大脑的进化机制让人可以及时做出最合适的选择，以及懂得用语言和文字分享经验、传承文化。

在资源和环境达到一定平和稳定的情况下，善良是对共同体生存的最有效保障。推崇善良，只有双方互相信任，在安全感的激励下，才会达到双赢，不然往往陷入零和博弈。因为只要有一个人破坏平衡，利用别人的善良满足私欲，就会引发无数猜疑。

所以，善良的基础是信任。

我无偿帮助你，就算不是为了回报，至少也得相信你不会害我吧？

如果一个人付出善行，还被恩将仇报，估计这心理阴影会跟随自己一辈子。

信任，可以让我安心付出，让我感到我的行为是有意义的，会产生心理的满足感，进而做出更多善举，形成良性循环。

一旦对别人的需求产生怀疑与反感，即使做出了善举，也会感到难受。比如，年末好赌的朋友来借钱，或者遇到大街上那些不知真假的聋哑人乞讨等。

一个善良已经成为日常思维的极致社会，就是大同社会。人们没有了生存和发展的危机，每个人都能得到足够的资源，自然会对他人更和善。不患寡也不患均，自然能达到孟子所憧憬的“老吾老以及人之老，幼吾幼以及人之幼”的境界。

然而孟子也说：徒善不足以为政，徒法不能以自行。人心总是难以预测的，即使是虔诚的宗教信仰者，也常常会因为诱惑而做出违背内心的事。

所以，我们需要良好而健全并且不断完善细节的法律和制度，需要更多的监督系统和纠正系统将善良往正面的方向推进。

善良不需要坚持，当你发现彼此的利益不冲突，人们又更喜欢温和善良的人时，自然会有更多的善行与温柔出现。

善良到底有什么用?

我觉得，在彼此信任的基础上，在利人也不损己的前提下，善良是我们人类文明的伟大源泉，可以使我们的生存环境更利于人类的发展。

反之，善良只会带来背叛。

善良是一种选择，但不是一种绝对选择，而是一种相对选择。

在采取善行之前，更重要的是用智慧判断你的行为会带来什么样的结果。如果你在预估到最坏结果的情况下，仍能采取善行，此谓大善。佩服，但不推崇。

我相信因果报应是存在的，然而因果报应不是从你的角度进行分析的，而是从更高的智慧维度进行判断。任何举动都会带来相应的结果，这不是以你的想象为出发点的。

人心是经不起考验的。

很多人误解佛教的地方就在这里，佛教的修行，最主要的还是修菩提心，就是对世间客观规律的理解，进而能够悟道，一切皆可理解，一切皆有因果。

在这个基础上，慈悲心才能真正有善果。

所以梁武帝吃斋念佛，修建南朝四百八十寺，自认为功德无量，而在达摩祖师眼里，是没有功德的。

就好像那些土豪，烧一炷头香几十万，却不去帮助真正需要帮助的人。这，真的不是善行。

晚安，但愿大家不要受到试探，修得智慧，保持一颗纯净的慈悲心。

最骄傲的人，却总是输得最惨

一

有个书生，颇有才华，甚是自负，年纪轻轻便以功名谋得官职。文人才高便多清高，此人也是如此。个性骄傲，不屑于摧眉折腰事权贵，又看不起其他同级的官员，最后辞官隐居，决心潜心诗作，等待一举成名。

看到这里，你可能会以为他是陶渊明，可惜不是。

虽然他很骄傲，相信自己有才华，但是日子逐渐窘迫。家人不免有怨言，迫于生活重新为官，却更加受不了官场的作风，终于在一个深夜写着写着突然发了疯，然后奔向了山野。

故事到这里，突然画风大变。这个书生在山野里变成了一只猛虎，常常忘了自己是谁，看到活物就咬，不辨人畜，沾满血腥。直到有一天碰到曾经的老友，才唤醒了他人性的那一面，骤然清醒，绝望地回看兽变之路，百感交集。他对老友说：

“可能，不管是野兽还是人，最初都不是现在的模样。一开始他们还会有以前的回忆，但是逐渐自己也忘却了，最后变成这样，还以为自己原本就是这样的存在。

“我之所以从人变成俗物野兽，无不因为我懦弱的自尊心和自大的羞耻心在作怪。

“因为害怕自己并非明珠而不敢刻苦琢磨，又因为有几分骄傲相信自己是明珠而不愿与瓦砾碌碌为伍，遂逐渐远离世间，疏离人群，不断用愤懑和羞怒饲育自己心中的野兽。世上每个人都是驯兽师，而那只野兽，就是每个人各自的性情。”

一番告解后，猛虎逃遁而去，在山林中发出撕心裂肺的咆哮声，自此消失不见。

这是一个悲伤而发人深省的故事，出自日本天才作家中岛敦的《山月记》，看完颇为唏嘘。

书生因为过于骄傲，不愿放低自己的内心苟且地活着，最终被心中的猛虎吞灭。

二

项羽一生神勇，战无不胜，天纵奇才骄傲无比，所以也对手下功臣苛刻不近人情，遭逢垓下一败便无法忍受，自刎而死；

刘邦出身低微屡败屡战，不依靠别人，想骄傲也骄傲不起来，于是对身边的人也更加宽容，赏赐大方、收拢人心。

最骄傲的人，却总是输得最惨，因为他们总是不给自己留退路，严于律己没错，苛求他人却总是很难如愿。如果因为自己的优秀而无法体谅别人的落后，从而用狭隘的眼光去评判他人，离心离德也是难免。

这个世界上总是有很多残缺和不完美，让人心情不好的人也数量繁多，若要一一与之辩驳论断，只会吃力不讨好。

有傲骨是好事，它让人不卑不亢，以一颗勇敢的心面对挫折和磨难。然而傲气却并非好事，因为一个人若是真的优秀，必会获得他人发自内心的认可，飞扬跋扈、以己度人就会让人感到不适而远离。

其实骄傲本身并不可怕，可怕的是骄傲引发的狭隘。

一个人若总喜欢挑刺，永远对自己和别人不满，就总没有如意的一天。

别人心中的恶，也许大多只是自己的臆测，更可能只是自己内心恶的一种投射。看到业，就是业。

卢维斯定理：谦虚不是把自己想得很糟，而是完全不想自己。如果把自己想得太好，就很容易把别人想得太糟。余谨记之。

难得糊涂，难得欢喜心。

《金刚经》中释迦摩尼世尊说：“你们呀，太年轻，太单纯，总是想着怎么才能见佛，怎么才能成佛。凡所有相，皆是虚妄。若见诸相非相，则见如来。”

你们看这世界纷纷扰扰、吵吵闹闹，其实都是一片虚妄，这个时候，佛来了。世尊说，我们不要执着于事物的高低好坏，用智慧去看事物的真相，让心平和，做个谦逊的人。

我觉得真正谦逊温和的人，不是拘泥于礼节客套的淑女绅士，而是发自内心地认知每一种生命形态，包容多元化。即使不认同，也可以真诚地表达自己的想法并提出建议，而非分出高低卑劣、优等劣等。

万物归元，无始无终，唯有此心，不垢不净。

那个人就这么没了

如果明天我就要死了，而我却不曾对你表达爱意，那我的一生就如同废墟。

——[德]涅皋

一

我从来不过感恩节，本来这个感谢上帝的日子，跟我们大多数中国人也无甚关系。

但每逢感恩节，我总是忍不住想起一个人。

一个死去的人。

高二的时候，我陷入了不自知的抑郁与焦虑中。

我喜欢一个姑娘，却从来不敢表达，看着她和别的男生亲密，我就郁郁寡欢；

我本想选择文科，却因听从家人与老师的建议和同侪的压力而选择了理科，每天都过得不痛快；

我对学生会没兴趣，却听老师的话去当了学生会主席，每天被指使着做一些让我烦躁的琐事……

非常讽刺的是，很多老同学都觉得那时候的我活得很风光。于是我连不快乐都没有办法说出口。

那时候天是蓝的，心是灰的，每天起来看世界，似乎都蒙着一层雾霾。

我的内心，就像王小波说的：在我一生的黄金时代，我有好多奢望。我想爱，想吃，还想在一瞬间变成天上半明半暗的云。

我羡慕一个人，你也可以说，那是嫉妒。

在他去世后的很长时间，我怎么也想不起他的名字，甚至多年以后，我曾怀疑过这个人的存在。

直到不久前参加一场婚礼，看到了他的高中女友，我的邻桌告诉我，她就是易瞬以前的女朋友。

电光石火间，我终于明白多年前，我为什么会突然性情大变。

易瞬，当然是化名，死者为大。

易瞬活的是我当时希望的样子，他不帅，但他很受欢迎。

他擅长理科，头脑清晰；他热爱运动，朝气蓬勃；他善开玩笑，亲切随和。

他还有一个清纯可人又甜蜜的女朋友，一起自修一起散步。

每次看到他，他都是笑呵呵的，好像永远活在阳光下，我羡慕他，也问自己，为什么我做不到？

当我想着要不要去认识他的时候，他突然就走了。

突发心肌梗塞，深夜送医，治疗无效。

他的寝室从此空出那么一块，每个室友经过，总是不自觉地避开。

教室的一角空出那么一张桌子，上面的卷子刚写完，风从窗户吹过，带着某种气息。

第一周，大家都处在沉默压抑的难过状态中。恰逢感恩节，班里组织了一次庄重的班会，怀念、哭泣、默哀、感恩活着与被爱。

大家一起去他家慰问，放孔明灯祭奠祈福，写文章怀念等，表达着自己的悲痛。

第二周，我回了一趟家归来，他的桌椅已经被悄悄换掉，他的室友开始要求换寝室。

第三周，再也没人提起他，该笑的依然笑，该担心的继续担心。

似乎，他从来就没有存在过一般。

我看着平静发生的这一切，毛骨悚然，似乎有什么东西在我心里萌芽蔓延，延伸至发梢。

我在日记本上写下了人生的一百个梦想，开始有种新的活力在我心中复苏。

我在日记本上写着：

人真是擅长遗忘的动物。

如果提起一件不愉快的事，不如就当作不存在一样。

人心如是，历史亦如是。

二

一次同学聚会，突然有人提起了他，大家愣了一下，沉默了很久，也没有人想起来。

这听起来很不可思议，却是如此地现实与残酷。

不再有人记得你，就好像你从未出现过一样。

那天我喝了好多酒，有种声音在我心里呐喊：人没了，就是没了。活着的时候，你想怎么活？

是为了那些会遗忘你的人而活，还是为了你爱的和爱你的人而活？

我在后一项上重重地打了钩，并在第二天向我喜欢的人表白了，虽然被拒绝了，但我笑得无比开心。

三

数月前，一位前同事打电话给我，带着哭腔说，坐她对面的同事兼好友，突逢车祸，没了。

那个人就这么没了。

这是她反复说了好多遍的话。

她看向对面，什么都没动，只是那个人从此再也不会出现了，好像永远消散在空气中。

打完电话，我打开那本日记本，看到一个个划掉的梦想，想起这些年一个个看似任性的选择，却都真实而无憾地证明着我为自己活着。

感恩上帝干吗，上帝只负责相遇，从不跟进连载。

牛顿即使不遇到苹果落地，迟早也会发现万有引力。

乔丹即使不是选秀状元，依然是伟大的篮球运动员。

感恩自己吧，别人会帮你，是因为你值得帮，别人会爱你，是因为你有可爱的地方。

你有今天的生活，不是命运，而是你对自己的选择持之以恒的结果。

世事无常，我们能把握的，就不要靠别人给予了。

就好像开头那句诗，就是我自己编的一样。

我喜欢一哥们儿改编自网络的签名：命乃弱者借口，运乃强者谦辞。

感恩节，感恩自己，抓住了生命中那些值得爱和应该爱的东西。

生命已经够脆弱了，让遗憾尽可能地见鬼去吧！

人生真是寂寞如雪

一

在小说的人物塑造中，取名是非常重要的一环。

你叫西门吹雪、独孤求败，一听就是高手范儿；你叫朱大狗、刘小黑，多半是来送人头的。

要说取名，金庸厚重，古龙俊逸，而“四大名捕之父”温瑞安就只能说任性了。

要说取名的随意程度，温瑞安一出，谁与争锋？

在《少年冷血》中，少年冷血有位恩师，名为三绝公子温约红。温公子的名字听起来很优雅，却有一把名字无比非主流的剑，剑名叫——

“数十年前悲壮的歌唱到数百年后会不会成了轻泣”。

没错，你没有看错，这是一把宝剑的名字。

人家的武器叫倚天屠龙、小李飞刀、圆月弯刀什么的，都不够酷炫！人家温公子的这把剑，光是名字说出来就让你有一股淡淡的忧伤有没有，一股多愁善感的诗人气息迎面而来有没有！

数十年前悲壮的歌唱到数百年后会不会成了轻泣。

感觉下一刻不是要打架，而是拿出一把吉他开始自弹自唱一首《港岛妹妹》了。

还有牛逼轰轰的七绝神剑，武功盖世，名字却分别叫温向上、梁往下、何中间、罗左右、孙看前、余顾后、陈上下。

拜托，听起来像是个装修队好不好，哪里有半点高手的气质？抚额。

以上这些看起来至少还像个人名，四大名捕的师父诸葛先生有个老师，天下无敌的传说级绝世高手，名叫韦青青青。

嗯，你没看错，后面有三个青。

第一次看到的人，估计还以为自己眼花了，或者买到盗版书了。别担心，接下来还有更夸张的。

温哥华、黎八嫩、乌干达、任天堂、回家家、耶耶渣、雷阵雨、唐老鸭、罗汉果、何尔蒙、杜雷氏、白小痴、万人日……各种惊喜等着你。

有温瑞安这么个父亲真是这些人物的不幸……

天文地理、水果美食、避孕套无所不包，充分体现了作者不拘一格、狂放不羁的艺术格调。不得不让人怀疑，他是不是在嗑药的状态下写的小说。

不过话说回来，当温瑞安正经认真起来的时候，取的名字都很有味道。

比如《逆水寒》中的戚少商、顾惜朝、息红泪；《神州奇侠》中的萧秋水、方歌吟、苏梦枕、白愁飞、柳随风、李沉舟等，一听就很有范儿。

扯了这么多，其实是为了引出最后出现的柳随风，以及李沉舟。

也许你根本就没听过，不过没关系，你只要知道这是一对好基友就行了。

二

“人生真是寂寞如雪啊……”

这句如今广为流传的话，最初就是出自温瑞安的武侠小说《神州奇侠》中的李沉舟之口。

李沉舟是小说中江湖第一大帮派权力帮的帮主，一代枭雄，重情重义又雄心壮志，类似于野心版的乔峰乔帮主。

而柳随风，是他最信任的部下和兄弟。

两个人相逢于微时，从最卑微落魄的底层互相扶持，一步步打拼成江湖闻名的帮派掌权人。

他们彼此，都是对方在这个世界上最信任的人。

然而当李同学逐渐走上权力的顶峰时，便开始怀疑起最亲信的兄弟，终于在一次试探性的诈死之后，把柳随风给害死了。

到最后一刻，他才确信柳随风对他的忠诚未曾改变，只是这个时候，一切都已经来不及了。他的怀疑，使自己成了背叛情义的那一个……

柳随风死了，记忆中那些同甘共苦、肝胆相照的往事也随风而逝。

此刻的李沉舟，终于感受到了一股彻骨的寂寞。

一生的奋斗，仿佛也湮远了，这样的一位兄弟，也已经撒手尘寰了……

人生真是寂寞如雪啊……

一句感慨，道不尽多少物是人非、人心叵测。

正如他的名字：

沉舟侧畔千帆过，病树前头万木春。

一样的历史，雷同的悲剧，始终在人世间周而复始，永不停息。

正如梅长苏所说：人只会被朋友背叛，敌人是永远都没有背叛和出卖你的机会的。

三

人类社会如今的许多高级文明，几乎都建立在信任的基础上。

纸钞本身并无意义，只是一张纸而已，钱的价值，建立在社会总体对价值流通工具的认同和信任上。

如果经济崩溃、通货膨胀，银行的运转失控，钞票变得无比廉价，那么大家就不会愿意接受纸钞了。

其他种种，也是如此。

我们相信媒体、相信政府、相信父母、相信老师，正是因为相信他们能够给我们带来确定性和安全感。

可是如今，一切都变得可疑起来，打脸的戏每天都在上演。

媒体捕风捉影难辨真假，明星营销常常导致形象崩塌，父母和老师的许多人生经验，也都和这个世界格格不入。

你以为他是你最好的朋友，那人却在背后说着你的糗事和坏话；你以为他是最爱你的人，在和你说完晚安之后，他却跟别人嬉笑暧昧。

信任的建立，就像搭积木，一块一块小心翼翼地摆放才能逐渐成型。

然而只要轻轻地一戳，戳开了其中的任何一块，都会造成全面崩盘。

恐惧、不安、欺瞒、嫉妒、贪婪、虚伪、计较、利益、控制，人类基因里的这些东西，总是蠢蠢欲动，等待宿主自己动手打破生活的平静，堕入煎熬灵魂的地狱。

夫妻之间、兄弟之间、朋友之间、亲人之间、同事之间，有信任的地方，就会有背叛。

没有信任，又何来失望？

四

每天都有人问我情感或婚姻问题，在我看来，他们往往都知道这份关系已经岌岌可危，充满怀疑与不安，却还要自我安慰，说人非圣贤孰能无过，是否获得原谅就可以让一切都重来。

他们有的明知道自己做错了事，也可以说得光明正大。嫉妒可以说成是那些优秀的人情商不高，贪婪可以说成上进心，没有道德可以说成是理性中立，自私自利也可以说成是人本主义。

如果你认识的人足够多，你就会发现每一个人做错事，都能找到充分的理由为自己辩解。

每个人都有自己的立场、利益与喜好，只要找到一个可以说得通的论点，就可以变得闭目塞听，不愿接受别人的意见，于是觉得委屈、愤怒、不甘，似乎所有的问题，都是老天爷在故意刁难自己。

人性的确如此，既轻信又爱怀疑，说它软弱它又很顽固，自己拿不定主意，出了问题又总希望别人来负责。

有些事情不能细问，细问的话就会发现自己的内心其实早已出现了裂痕。

千万不要去试探人性，很多我们以为情深义重的关系，其实远没有我们以为的那么坚定。就像你以为自己真的朋友遍天下，等你真的需要借钱的时候，就会发现大家其实也就是平时客套一下而已。

人在一无所有的时候，感情反而特别纯粹和坚定，但在拥有了太多之后，反而处处掣肘，难以自由。你害怕失去的东西越多，你的心就越不会自由放松。

很多感情在最炽烈的时候结束，未尝不是一件好事。

只要时间够长，你总能见到不堪的画面：鸳鸯变怨侣，金兰反目，子女争产，清官贪腐，清纯少女变市侩大妈，脑残粉怒转一生黑，五毛变美分，愤青变公知，清高的理想主义青年变成功利的现实主义者。

人们之所以渴望忠诚与永恒，正是因为这些理想的情感，世间罕见。

五

木心晚年的时候说：一路走来，觉得什么都可原谅，但又不知该原谅什么。

随着年龄渐长，阅历渐多，发现自己讨厌的人越来越少。

很多人、很多事，深入了解之后，你都会发现别人的难处，站在那个位置那个立场，真的没有多少选择的余地。

毕竟，这世上真正的大恶与大善一样极其稀少。很多人只是偶发善心，就觉得自己可爱无比；偶发恶念，也觉得没什么值得愧疚。

如果我说穷人都该去死，你肯定会跳出来骂我；

可如果我说有个陌生的穷人要死了，你捐点钱吧，你多半也不太乐意。

大部分人的一生都跟善恶不沾边，他们只是懦弱而随机地活着，释放着自己那点可怜的优越感。

凡人总有取舍，所谓正义与情怀，很多都成了幌子。太多事情已经无关对错，只关乎利益的维护与情绪的发泄。

情义这种事，本就脆弱且易变，所以一旦不信，就更加悲哀了。

我还是选择相信。毕竟，相信的人比较幸福。

人群熙熙攘攘，喜笑颜开你赞我赏，一片太平盛世、人间繁华的景象。

男男女女老老少少，也谈理想也谈钱，柔情夹杂着假意，似真非真，似假非假。

我变得什么都能理解，也开始什么都无法再深信。

我还是看不清这荒谬的世界，也看不清我亲爱的欲望与孤独，只能化为一笑，欲说还休，欲说还休，最后来一句：“哎哟，不错哦。”

人生，真是寂寞如雪。

嘿，我看到了你的孤独，我的灵魂告诉我，它天生就适合爱你。

——小岩井